ステリ文庫
·1〉

ママは何でも知っている

ジェイムズ・ヤッフェ
小尾芙佐訳

早川書房
7585

MOM'S STORY

by

James Yaffe

Translated by
Fusa Obi
Published 2015 in Japan by
HAYAKAWA PUBLISHING, INC.
This book is published in Japan by
arrangement with
CURTIS BROWN LTD.
through JAPAN UNI AGENCY, INC., TOKYO.

目次

ママは何でも知っている

ママは何でも知っている

Mom Knows Best

その道の専門家になれというのがわたしの母の口ぐせだった。職種は問わなかった。どんな職業でもかまわない、それがほんとうに〈専門的〉であるかぎり、ぜったいに〈商売〉でないかぎり。

「あんたの伯父が商売人、あんたの従兄がそう、あんたのパパもそう、それがまた揃いも揃って一セントだって儲けたことがないんだからね」とママはいつもいう。「マックス叔父さんは別だけど、あれは問題にならない、だってあの叔父さんやセルマ伯母さんみたいに、体も心もめちゃめちゃになっちゃおしまいだもの」

そんなわけで、ブロンクスでのわたしの幼年時代から、母はその専門家教育の下準備にとりかかっていた。誕生日のプレゼントに、化学実験セットをあたえる。ヴァイオリンの稽古に通わせる。また弁護士だった遠縁の従兄を子供らしい魅力でまるめこめとそそのかしさえした。そして遂にママの念願はかなえられた。いまやわたしは専門家である。だがこの事実もママをいっこうに満足させないのではないかと思う。なにしろママは、よもやわたしが警官になろうとは思いもしなかったからである。

ママは頭から反対した。考えつくかぎりの異議をならべたてた、毎日新しい異議を思いついた――しかしその大半はカムフラージュだった。警官生活に対するママの反対理由は煎じつめれば次の二つだった。その一、危険な仕事である。「ギャングだの麻薬患者だの、競馬の予想屋だの人殺しだの、そういうごろつきどもが相手なんだから。いつかきっと怪我をするにきまっている」とママはいう。

その二、この仕事は、わたしにふさわしくないとママは思っている。「あんたは、とにかく知性と頭脳を必要とするような仕事につくべきだというのが、あたしの念願だったのよ」とママはいう。「だけどこの刑事という仕事は、だれがだれを殺したか突きとめるとか、公園の子供たちみたいに捕りものごっこをするとか、どうみたって一人前の大人のやる仕事じゃないものね。どれほど頭を使うかしれないけど、伯父さんたちの商売とあんまり変りないわね」

ママのこの意見をあらためさせる方法も、わたしの職業の尊さと厳しさを認識させる方法もまったくないのが実情である。わたし自身は、仕事のほうもほぼ順調で、現に私服の刑事であり、スラタリイ警部の右腕になっている、にもかかわらずママはいまだにわたしをからかう。それも無理はないのだが。実をいえば、この刑事稼業、児戯にひとしいのだ――ママにとっては。だれがだれを殺したか突きとめるなんてことは朝飯前なのだ――ママにとっては。平凡な常識、人間の心理を見抜く天与の才、なにものにも決して欺かれない才能とをもって――この才能はごまかしの上手な肉屋や食料品屋の店員を相手にしてきた長年の経験のたまものである――ママは、警察を何週間もきりきりまいさせた事件を夕餉《ゆうげ》の卓であっさりと解決してしまうのだ。

じっさい、殺人課におけるわたしの存在価値は、昼夜を問わぬ捜査や犯人追跡や訊問などの仕事にあるのではなく、毎週金曜日、夕食に招んでくれるママのブロンクスの家で、ママに情報を提供するためにあるのだといっても過言ではないだろう。

先週の金曜日を例にとってみよう。

わたしとシャーリイは、六時にママのアパートを訪れた。まずおきまりのワインがでる、それからおきまりのロースト・チキンの夕食の――いや並はずれた夕食のというべきだろう、ママのロースト・チキンにかなうものはないのだから――卓をかこむ。しばらくおきまりの話がはずむ。ママが隣近所の噂話を洗いざらいまくしたてる。それからシャーリイに食料品屋の買物の秘訣を伝授する。シャーリイは、ウェルズリー女子大の卒業生で心理学の学位をもっている。したがってママは、彼女が実生活における諸問題についてはからきしだめだと思いこんでいるのだ。次にわたしに、こういう雨もよいのときには、厚着を

したほうがいいと説教する。そしてヌードル・スープが出るころ、ママはついにこう訊く、

「で、お仕事のほうはどう、デイビイ？」

「面白い事件はなにもないよ、ママ」とわたしはいう。「ありふれた殺人事件でね。容疑者が三人いる。そのうちの一人が有罪になることは確実なんだ。犯人が口を割るまでじっくりとしめあげるまでさ」

「それでまだだれも口を割らないの、その罪人どもは？」

「まだなんだよ、ママ。でも大丈夫、吐くとも。しめあげて吐かせてみせるよ」

「そうする合間に、あんた方のおつむも少ししめあげるのね」とママはためいきをついた。「その拷問だけど、悪漢をしめあげるより警官をしめあげるほうが苦労だわねえ。まあ、あんた方が一分でも立ちどまっておつむを働かせて、あんた方が抱えこんだお悩《ツァリス》みをもう一度ようく見なおしたらねえ。ほんとにあんたのお仲間ときたら、お世話をしてもらう母親のいらないって人はひとりもいないんだから」

「頭を使う使わないの問題じゃないんだよ、ママ。忍耐だよ、まったくの忍耐。事件の内容を話すから、ご自分で判断してみてくださいよ。娘が下町のホテルで殺された。上等の下級ホテルといったところかな？　身持ちが悪くて金使いの荒い連中のたまり場だ。芸人、賭博師、ラジオ・テレビ関係といえば――かなり派手なとりあわせだろう。それからブロンドたち。プラチナ・ブロンドがたむろしている。なにで食っているのかわからないんだ。

ダンサーを名乗っているらしいが――コーラスラインにも何年も立ったことはないんだよ。モデルと称するのもいるけどね――これがまた雑誌の表紙には、読者ほどにも近づいたことがないという手合いでね。

死んだ娘もご同類なんだ。ありふれた経歴でね――十六で高校を中退してコーラスガールになった。五年前にコーラスガールをやめて――あのホテルに移った。ホテルでは五階の二間続きを使っていた。娘と娘をめぐる讃美者の群れ。男と名のつくものなら――」

「話せば長いお話を短くさせていただくと」とシャーリイがくちばしをいれた、「ゆうべ、その連中の一人が娘を殺したんですの」

シャーリイはいつも長い話の腰を折る役目をかってでる。わたしは別に気にならないが――シャーリイと結婚するとすぐ、自分がスーパー・レディを妻にしたことを知った――ママはかならず闘志をそそられるらしい。

いましもママはふるいたった。「まああ、恐れいりますこと」とママはにこやかな笑顔をシャーリイに向けた。「それじゃあなたもその事件を担当しているのね、シャーリイさん？」

シャーリイもママににこやかな笑顔を返す。「あらとんでもない、おかあさん。あたしはただデイビッドの悪いくせを直したいと思ってますの。この人の話ときたらだらだらと果しがなくて、なかなか要点に入らないんですもの。子供のころについたくせは直しにくいもんですわね、だれからいただいたのか、さっぱり見当がつきませんけど」

「で、ここに三人の容疑者がいる」わたしはすばやく口をはさむ、ママの目がきらりと光ったからだ。「昨夜十時に娘はある紳士に送られてホテルのロビイに入ってきた——紳士は当市の中年の銀行家、グリズウォルドという。彼の名が新聞にのったのはまことに不幸だった。二人をフロント係りとエレベーターガールが目撃している。フロント係りはごましお頭の貧相な老人でビゲロウという。無愛想な男でね。きょう彼を訊問したんだが、これが二分ごとに不平を並べたてるんだ、まるまる四時間もフロントで立ちづめだの、暇つぶしにラジオでもおきたいが支配人が許してくれないだの、副支配人は机の下に新聞や雑誌をかくしてないかとさがしまわるだの、不平たらたらなんだよ。そのあいだじゅうこのビゲロウってやつがこっちの顔にビールくさい息をはきかけてね。不愉快なやつだけど、いっていることは事実だと思うよ。嘘をつく理由も格別ないしね。

エレベーターガールはサディ・デラニイという話し好きの髪の黒いアイルランド系の娘でね。未婚なんだ、どちらかというと大柄だけど、とても明るい気だてのいい娘で、ホテルの客あしらいもとてもいいんだね。それに立派な証人だ——協力的だし、のみこみも早い。

とにかく、サディはデグラスとグリズウォルドを五階へ運んで、二人にお休みをいってから下へおりてきた。フロントのビゲロウと十分ぐらいおしゃべりをしていると、五階のブザーがなった。上ってみるとグリズウォルドがエレベーターの前につったっていて、なんだかひどく興奮している様子だった。下まで運んでもう一度お休みなさいといっても、返事もしなかった。どしどし足音を荒げてロビイから出ていった――」

　このときヌードル・スープを飲みおえたシャーリイが口をはさんだ。「ああ、おいしかった。おかあさんのお手づくりをいただくのはほんとうに愉しみだわ。おかあさんのお手なみは天下一品といってもいいくらい」

「ありがとう、ご親切に、シャーリイさん」とママはいった。「でもあたしの娘じぶんはみんなこんなものでね、特別におほめいただくほどのことじゃないのよ。家が貧しくて大学には行けなかったけど、実生活に役立つことはちゃんと身につけてきたわねえ。なんの役にもたたないばかげた《メシューゲ》ことばかり頭につめこむようなことはしなかったの――近ごろの若い人みたいに」

　シャーリイが反撃の態勢をととのえるのを見たわたしは深呼吸して話の先を急いだ。

「その一分後に容疑者第二号が入ってきた。トム・モナハンというホテルの雑役夫でね。きのうは非番だったが、ミス・デグラスから昼間のうちに電話があって、浴槽が漏れるから直してくれといってきた、寝る前に直してやらないとまたうるさいから来たのだとサディにいった。そこでサディは彼を五階へ運んで、またおりてきた。おりてくると間もなくまた五階のブザーがなった。上ってみるとトムだった。ミス・デグラスの部屋のドアを叩いたが返事がないからもう寝たんだろうと考えた。浴槽の修繕は明日にしよう。彼はそういってサディといっしょに下へおり、そのまままっすぐ帰宅した。

それからサディは二十分ほどロビイでビゲロウとおしゃべりをした。話題は昨夜行なわれたボクシングの懸賞試合のことだった、なんて残酷な試合かしら、チャンピオンの打たれかたときたら。二人の会話は容疑者三号によって中断される。

これがアーティ・フェロウズという町で名うてのプレイボーイ、演劇方面のパトロンでね、どこにでもいるようなろくでなしだよ。ここひと月というものデグラスをしげしげ訪れていた。彼は夜会服を着こんでいた。六月に結婚するはずの許婚《いいなずけ》の家で開かれたパーティの帰りだった。サディは彼を五階へ運んだ。五分後ブザーがけたたましく鳴りつづけた。上ってみるとフェロウズが真青な顔をして立っていた。いまあの女の部屋の鍵を開けて——鍵は娘があたえたものだ——入ってみると、あの女がベッドの上で死んでいた、と彼はいった。ホテルおかかえの私立探偵が呼ばれ、医者と警察が呼ばれた。その結果、何者かが、娘の持ちものだったブロンズのろうそくたてで娘の後頭部を撲《なぐ》って失神させ、その上で枕を顔におしつけて窒息死させたのだという結論がでた。枕は死体のわきにころがっていた。くしゃくしゃになって歯型や唾液のしみが付着していて真相を物語っていたというわけなんだ」

「とにかく」とシャーリイがいった、「そういう卑しい女にはあんまり同情もわかないわ。そういう人たちは、たいてい報いを受けるものよ」

「必ずってわけでもないわね」とママは、まるで自分にいいきかせているような物思わしげな声でいった。「世間には枕をおしつけられたほうがいいような人間はいっぱいいる、ただし殺してしまうほどしっかりおしつけるんじゃない——物事を教えてやるために、ちょっとばかりおしつけてやるの」シャーリイがこれについてひとことという前に、ママは静かにわたしのほうへ向きなおった。「さあ、事件の話を続けてちょうだい」

「さて、われわれがまず第一にしたことは、むろんこの三人の訊問だ。三人の供述を並べると、まずグリズウォルドはこうだ。彼ははじめは用心深く口を割らなかったが、最後にブロンドと部屋に入ってから口論したことを白状した。あんたとはもうこれでおしまい、もっと若くてもっとお金持の殿方を——フェロウズのことだろう——見つけたから、と娘がいったそうだ。グリズウォルドはかっかとして部屋をでたが、娘を殺しはしなかったと主張している。彼が部屋をでるときは、娘はピンピンしていて、テレビのスイッチをひねって懸賞試合を見ていたそうだ。彼女は大のスポーツファンで、とくに血のたくさんでるやつが好きだった。まあグリズウォルドの供述はこんなところですよ。

しばらくのあいだ、雑役夫のトム・モナハンがクロらしくみえた。ある奇妙な事実を発見したんでね。デグラスの部屋の浴槽はどこもなんともなかったんだ。そこでモナハンはとうとう吐いた。彼とブロンドは恋のまねごとをしていたんだね――彼は筋骨たくましい男前だし、彼女は好みのうるさいほうじゃなかったからね。浴槽の話は娘のところへしのんでいく口実だった。だが娘の部屋のドアを叩いたが返事はなかったという供述はあくまでひるがえさなかった。話のついでに、部屋の中でテレビの音はしなかったかと訊ねたが、彼は気がつかなかったといっている。

アーティ・フェロウズの供述はというと――部屋へ入ると彼女は死んでいたと主張している。それから彼はテレビに関するグリズウォルドの供述を裏付けている。彼が部屋に入ったときテレビは大きな音をたてていたそうだ。じっさい、ブロンドがベッドの上で死んでいてはね、これがぞっとするほど不気味な効果をあげていたらしい。

さあこれで段どりはできたね、ママ。犯人がこの三人のうちにいることはたしかだよ。ホテルの内部のものじゃない、住人をぜんぶ洗ってみたんだから――小さなホテルで客も多くはないし、みんなアリバイがあった。外部の人間でもない、フロント係りとエレベーターガールはあの三人以外に出入りした人物を見ていない。つまりこれはごくありふれた事件というわけだ。グリズウォルドかモナハンかフェロウズか、お好きなのを選んで下さいよ。だれにしよう、いいい、――」

「かなをお忘れだよ」とママがいった。

この言葉はやや非常識であると思われたが、とにかくわたしはママの顔を見つめた――

る。というのは、ママの非常識と思われる言葉はしばしば予想外の常識を含んでいるからである。

「それはどういう意味？」

「そんなことは気にしなくてもいいの」とママはいった。「さあチキンのお時間よ」

ママがチキンを食卓にのせるあいだ、わたしはわきあがる好奇心をおさえねばならなかった。

ママがようやくその座におちつくと、どこで会話が中断したか思いださせてやった。

「それで警察はその三人を勾留しているのね？」とママはいった。「それであんたたちは、その三人をゴムホースでひっぱたいているんだね？」

「ママ、何度いえばわかるの、ぼくたちはゴムホースなんか使わないよ、現代の警察のやり方は――」

「わかった、わかった。するとあんたたちは、心理的な方法でせめるってわけね。どっちにしたって意味のないことだわよ。あんたたちのやり方ときたら、そのプラトニック・ブロンドの――」

「プラチナ・ブロンドよ、おかあさん」とシャーリイがいった。

「そういったわよ」ママはシャーリイをじろりと見てから、わたしのほうに向きなおった。

「こんな事件で、なにをもたもたしているのやら、知りたいものだね。なんで拷問なんかで時間をむだにしているの？　まったくどじなやつ《シュレミール》のよりあつまりね。どうして娘を殺した犯人を捕えないの？」

「殺したやつがだれだかわからないからさ！　あと数時間もすれば――」

「数時間だって、フーウ。そんなやり方じゃ数年はかかるんじゃないの。だから拳固やどなり声を使うのはやめておつむを使いなさいっていうのよ。いまの世の中、拳固やどなり声ばかり使って、おつむをとんと使わないのが困りものだわねえ。いいかい、あんたのおつむに、このとっても大事な四つの質問がうかばなかったといっても、あたしは驚かないけどね」

「質問ってなにさ、ママ？　質問ならさんざんしたけどね」

「そのさやえんどうをおあがり、そうすれば教えてあげる。食卓のおしゃべりもけっこうだけど、若いものは青ものをたっぷりとらなきゃいけないの」

わたしはかすかに頬を赤らめた。シャーリイのまえでママがわたしを子供あつかいするとついつい顔が赤くなる。だがわたしはすなおにさやえんどうを食べだした。するとママも〝とっても大事な四つの質問〟にとりかかった。

「第一問。そのトム・モナハンという雑役夫は、世帯もちなの？」

「ママ、それが大事な質問かい？　そんなことぐらいまっさきに調べたさ。女房はいないよ。だからもし嫉妬の線をおさがしなら、それはちょっと――」

「さやえんどう！」とママは居丈高に指を突きだした。「今度はあたしが考える番なんだから。よろしければ第二問。どういうわけでそのプラトニック・ブロンドは——」

「プラチナですよ、おかあさん」とシャーリイがいった。

「どうも、どうも」とママはいった。「こう立派な英語がしゃべれて、それを天下に吹聴したがるお嫁さんがいると重宝だわねえ——さあデイビイ、質問のしなおしだけど、そのプ、ラ、ト、ニ、ッ、ク・ブロンドは、どういうわけで殺されたときに口紅を塗っていなかったの？」

　この質問はわたしをいささかたじろがせた。

「ママ、どうして彼女が口紅を塗っていないことがわかったの？　ぼくはいわなかったはずだけど——」

「口をふさがれた枕に歯型と唾のしみがついていたとはいった、でも、口紅がついていたとはいわなかったわね。ご婦人が顔に枕をおしつけられれば、口紅の跡がつくのは当然よ。口紅をつけていなけりゃ話はべつ！　だから、どうしてつけていなかったの？」

「さあ、どうしてだろう？　ベッドに入るつもりだったから、洗いおとしたんじゃないかな。それが重要なことなの？」

「おつむのよい人間にはね」ママはやさしくほほえんで、わたしの手をぽんぽんと叩いた。

「第三問。そのアーティ・フェロウズというプレイボーイが娘の死体を発見したとき、テレビはつけっぱなしだった、そうよね？　じゃあ、うかがいますけど、そのときの番組はなんだったの？」

「ママ、頭がおかしくなったのかい？　テレビでなにをやっていようとかまわないだろう。われわれが調べているのは殺人事件でね、テレビの番組じゃないんだ――」

「つまり、そのときなにをやっていたかわからないのね？」

「ところが、わかっているんだよ。フェロウズがたまたまいったものだから。音楽番組でね、どこかのオーケストラがクラシック音楽を演奏していた。なぜ気づいたかというと、それがとても静かで哀しい曲だったからだと、いまでもヴィルマ・デグラスの別れの歌のような気がしてならないそうだよ。たいそうロマンチックだね、ママ、だけどそんなもの役にたちゃしねえと――」

「いやだわねえ」とママは穏やかながらきっぱりとした口調でいった。「そういう言葉づかいは警察のお仲間同士ならけっこうですけど、あたしの家では紳士らしくお話ししてちょうだい」

「すみません、ママ」とわたしはつぶやき、シャーリイの目を避けた。

「第四問、最後の質問」とママはいった。「娘が殺されたホテルはああいうしゃれた場所にあるんじゃないわね？」

「それがどうしたの――？」

「答えてくれるの、くれないの？」

「雑然とした場所でね。ホテルのある一画は小じゃれたモダンなところなんだ。だけど、角をまがれば三番街でね、下宿屋だの、ごろつきどもがたむろしている小汚い酒場なんかが並んでいる。さあいかがです、シャーロック・ホームズ夫人、お役にたちましたか？これがはめ絵を完成する最後の一片でしたかね？」

ママはわたしの皮肉にも動ずる気配はなく静かにほほえんだ。「その答えが知りたいとおっしゃるなら申しますよ——はい、そのとおり」

これまでの経験のおかげでわたしはあまり動じなかった。しかし、同時に、わたしのあたえたわずかな情況証拠で、どうしてこの事件が解けるのかわからなかった。だからわたしは感心したそぶりはみせなかった。「じゃ教えてくれるよね。あの三人のうちどれを御指名です？」

「その答えは」ママはわたしをかっかとさせるような謎めいた笑いかたをした。「すぐにわかる」

「するとママにはもうわかっていると——」

「あたしにわからないはずがある？　人間ってものがどうふるまうものか、あたしにはお見とおしなんだから。殺人事件だからといって、人間が急に人間らしくふるまうことをやめちまうわけじゃない。そのプラトニック・ブロンドみたいな娘は——」

「プラチナ」シャーリイは口の中でぼそりとつぶやいた――それはもはや信念の問題らしかった、なぜならママは彼女をまったく無視していたから。

「……生活のすべてを男におんぶしているような娘、そういう娘は男が家にやってくるときは念入りに化粧するものよ。だから娘の死体が口紅を塗っていなかったのは、いったいなぜか？　容疑者一号の銀行家、そのグリズリイ氏は――」

「グリズウォルド！　ぼくの思ったとおりだ！」とわたしは叫んだ。

だがママはわたしを無視して言葉をついだ。

「彼が娘を送ってきたとき、娘は口紅をつけていた。娘の住居《すまい》に上っていくと、娘はもうあんたとデートする気はないといいわたした、男を嘲笑《あざわら》って送りだした――この娘が、男の帰る前に口紅をおとすと思う？　およそそんなことはありえないわね。女が男をふるときは、いちばんいいとこを見せたいものよ！　だから容疑者一号が帰ったときには娘はまだ生きていた――口紅をつけたままね」

「なるほど――もっともだね。すると犯人は容疑者二号か。トム・モナハン！　ぼくもそういう勘が――」

「すばらしい勘だこと」とママはいった。「事実となんの関係もないのが惜しいけど。このトム・モナハンはドアをノックして、入ってもいいかどうか訊ねているのよ。彼女が恋愛ごっこをしている相手のハンサムな青年よ――ねえ、たとえ口紅をおとしていたって、ちゃんと塗りなおしてから彼を部屋に入れるはずよ。だけど彼女は口紅を塗りなおさなかった。これはつまり彼を部屋へ入れなかったということね。なにかの理由で彼女はノックの音を聞かなかった――きっとテレビの音が大きすぎたんだろうね。とにかく彼が娘を殺すことはありえない」

「すると残るは容疑者三号だね」とわたしはいった。「アーティ・フェロウズか。はじめから彼だという予感はあったよ。だけどママの口紅の推理は彼にはあてはまらないね、彼は部屋の鍵をもっていた。彼女は口紅をふきとってもうベッドに入っていたかもしれない、そこへとつぜん彼が鍵をあけてドアから押しいった」

「そうかもしれない」とママはいった。「だけどそれを証明するのは厄介だわね。いいかい、あたし、さっき訊いたわよね、容疑者三号が死体を発見したとき、テレビでなにをやっていたかって？　容疑者一号が帰ったとき娘は懸賞試合をつけていた。だけどそれは容疑者三号があらわれる一時間前だった。三号があらわれたときには試合は終っていたはずよ――ことにあんな段ちがいの試合じゃね。フロント係りとエレベーターガールの話では、チャンピオンはなぐられっぱなしだったというじゃない。だから当然試合は終っていた。でも容疑者三号が死体を発見したときにはテレビはまだついていた。なぜかしらね？」

「難問だね、ママ。きっと試合のあとの番組を見たいと思ったんだろう」

「さあさあ、どうかしら。ところで、彼女はなんの番組を見ていたの？　オーケストラのクラシック音楽よ！　さてあんたに訊きますけどね、デイビイ、あんたが知る限りのあの娘がね――高校も卒業していないコーラスガールが――クラシック音楽を愛好するタイプだと、あんた、思う？　あたしにはそうは思えないけどねえ。じゃあなぜ娘はテレビをつけっぱなしにしておいたか？　答えはただひとつ。なぜなら懸賞試合の最中に殺されたからよ、死んじまえばテレビを消すことはできないもの。まあ、そういったわけでね――犯人はぜったい容疑者三号ではない。だって彼は現場にくるのがおそすぎた」

「ちょっとママ、ママは自分のいってることの意味がわかっているの？　三人の容疑者は犯人じゃない、たったいまママが証明してくれたものね――それから外部の人間の仕業でもない、フロント係りとエレベーターガールがロビイにいたからね――ホテル内部の人間の仕業でもない、みんなアリバイをもっている。ということはつまり、だれも犯人じゃないってことだ！」

「アリバイ！」ママはふんというように肩をすくめた。「いいかい、デイビイ、あんたもあたしぐらいの年になれば、世間にゃアリバイ・ジェイク（言いわけ屋）がうようよいるということがよくわかるわよ」（「アイクよ」とシャーリイがつぶやいた）。

「アリバイ・ジェイクの隙をつくほどやさしいことはないんだよ。人間なんて頼まれなくたって他人につくすものだもの。たとえばセルマ伯母さんの料理女は！」

「ねえ、ねえ、ママ、いったいぜんたいどんな関係があるというんだ、セルマ伯母さんの料理女とこれと――」

「セルマ伯母さんとこの料理女はね、まるまる六ヵ月も毎晩家を抜けだして、食料品屋の店員と逢引していたんだよ。女中はずっとそれを知っていたんだけれど――伯母さんにいいつけたと思う？　なにもいわなかった。伯母さんが料理女を呼ぶたびに、彼女がかわりにおうかがいにでてたのよ。あのひとはいまケーキを焼いていて手がはなせないとか、ひどい頭痛がするといってるとか、いま電話で肉屋を値切っているところだとか――いろんな口実をもうけてね。デイビイ、あんたはあたしみたいに雇人というものを知らないのよ。おたがいにいがみあっていないかぎり、雇人同士かばいあうものなんだよ。ことに主人を騙そうというようなときにはね」

かすかな光明がさしはじめた。「ママ、なにをいいたいの？」

「まだわからない？　なんといくじなしの倅《せがれ》をもったものだろう！」

「もしぼくの思いちがいでなければ、ママはあの二人のことをいってるんだろうね――フロント係りのビゲロウとエレベーターガールのサディのことを」

「天才！　まさしくアインシュタイン博士！　もちろんその二人よ。あんた、自分でいってたじゃないの、エレベーターガールがとっても親切で気だてがよくて、ひとの面倒をよくみるって。ところで容疑者二号が帰り、容疑者三号がエレベーターで五階へ上るまでのあいだに二十分という時間があるわね、この二十分のあいだにフロント係りとエレベーターガールはテレビの懸賞試合の話をしていた、とても残酷で、チャンピオンがみじめな負け方をしたって。だけどあたしが知りたいのは――」

わたしは思わず大声をだした。「そうだ、ビゲロウは一晩中フロントに立っていたんだとしたら、どうして試合が残酷だったなんて知っているんだろう――ロビイにはテレビもラジオもなかったというのに？　ママがいうのはそこだろう？　トム・モナハンが帰って、アーティ・フェロウズがくるまでのあいだに、ビゲロウはフロントからぬけだしてエレベーターで五階へ行き、デグラス嬢を殺した――殺すあいだに、部屋のテレビの試合を見てたんだ！　そのあいだサディは階下でフロントの番をしていた、彼の手助けをしたというわけだ、なにしろ彼女はお人好しだからね！」

わたしは自分の悟りのよさにすっかり愉快になったが、ママがうなるようなためいきをついたので驚いた。「お人好しだって」とママはいった。「人間て、どれくらいお人好しになれるものかねえ？　人殺しのためにアリバイをこしらえてやるほどのお人好しっているかしら？　もっともほかの理由でフロントから抜けだすなら、よろこんで手を貸すだろうがねえ――人殺しの手伝いはしないわねえ」

「だってママはそんな口ぶりだったぜ――ほかの理由ってなんだい？」

「その理由は、さっきあんたが教えてくれたじゃないの。自分の言葉もうわの空なんだからねえ。きょうフロント係りを訊問したときのことを話してくれたじゃないの。四時間もフロントに立ちづめだって、二分おきに不平をならしていたって、それからビールの匂いをぷんぷんさせていたって。四時間もフロントに立ちづめの人間が、デスクの下になにか隠してはいないかと副支配人がしじゅう見まわりにくるって不平をならしている人間が、いつ、どこでビールを飲んできたんだろう?」

この質問はわたしを愕然とさせた。わたしは一言もなかった。

「それでさっきホテルの場所柄を訊いたのよ」とママはいった。「あたしの推察どおりの答だったけれどね。角をまがったところが三番街だってね。三番街は両側にずらりと酒場が並んでいるじゃないの。フロント係りはそこへビールを飲みにいったのよ——フロントをぬけだす、角をまがって酒場へ一走り。機会がありさえすれば毎日やっているのよ——ゆうべも彼は機会をみつけた、エレベーターガールとしゃべっていたと考えられている時間よ。それで彼女は彼のアリバイをこしらえてやった、彼が失業したらかわいそうだから」

「たいへんお見事な推理ですわ、おかあさん」とシャーリイがいった。「でもそれがデイビッドの役にたつかしら?　勤務中にお酒を飲んだからといって逮捕するわけにはいきませんもの」

「まあ、ご親切に教えていただいてありがとうございます」ママはシャーリイにいんぎんな微笑をおくった。「でも彼を逮捕したい人間がいるかしら。デイビイ、あんたのおつむはまだ思いつかないの？　フロント係りが酒場へビールを飲みにいっていたとしたら、そのあいだエレベーターガールがどこにいたか証言する人間がいる？」

「サディか？　だって彼女はロビイでおしゃべり――」わたしはふいに言葉を切った、ようやく真相がのみこめてきたからだ。「そうだ、そうだ！　彼女がビゲロウとかわした懸賞試合の会話！　会話っていうものは二人でするものだ！　ビゲロウにした質問がそのままサディにあてはまる。あの試合が残酷で、チャンピオンが惨敗したことを、いったい彼女はどうして知っていたのか？　テレビで見たにちがいないんだ――ブロンドの部屋のテレビで！」

「あんたもやっと、ちょっぴりインテリらしい話し方をするようになったわねえ」とママは皮肉をいったものの、その顔は母親の誇りで輝いていた。「フロント係りが酒場にいっているすきに、エレベーターガールは五階へ行き、ブロンドの部屋のドアをノックして中に入れてもらい彼女を殺した。さあこれでおわかりかしら、ブロンドがなぜ口紅を塗らなかったか。相手がエレベーターガールなら、どんな顔だってかまやしないでしょ」

「でも動機はなんだい、ママ？　サディの動機は？」

「動機？　しごく簡単よ。さっきあたしが、雑役夫のトム・モナハンが結婚しているかどうか訊いたのはどうしてだと思うの？　男前の独身のアイルランド系の青年と、気だてのいい未婚のアイルランド系の娘と――その二人のあいだにブロンドが割りこんだ。まあ、あたしなら、こういう三角関係が殺人という結末をとげなかったら驚くわね！」

かくしてわたしは、自分の懐疑主義について数分間陳弁することになり――そのあいだシャーリイはそんなことどこ吹く風かという表情で、ママの勝利にはまったく動ぜず、嫉妬も感じない様子だった。

　しかしどうしても腑におちない点があるのでわたしは思いきってそれをもちだしてみた。

「ママ、フロント係りのビゲロウのことで気になることがあるんだよ。彼とサディは二人とも、あの試合がいかに残酷だったか、テレビで見ていたかのようにしゃべっている。サディはどこで見たかわかった――ブロンドの部屋のテレビだ。だがビゲロウはどこで見たんだろう、ママ――ブロンドの部屋へ行かなかったんだとすると？」

「デイビイ、デイビイ、あたしのかわいい赤ちゃん」ママはいとおしそうな微笑をうかべた。「もう忘れているのねえ、ビゲロウがあの二十分のあいだにどこにいたのか。酒場でビールを飲んでいたんでしょ。噂にきくと近頃の酒場は――あたしはあんな場所は真平だけど――ビール一杯飲むにも、あれを我慢しなけりゃならないって――」

「テレビか！」とわたしは叫んだ。そしてとびたつように立ちあがった。「ママ、ママは天才だ！　さっそく捜査本部に電話して、警部に話すよ！」

　しかしママの静かな断固とした声がわたしを椅子におしもどした。

「なんとずうずうしい《フツパ》！」とママはいった。「どこへ電話をかけることも、だれに話をすることもなりませんよ、さやえんどうを食べてしまうまでは」

ママは賭ける

Mom Makes a Bet

ニューヨーク市警殺人課に配属されてから足かけ五年になるが、いまもって、いつか、だれかが、わたしの秘密をかぎつけるのではないかと考えるたびに背筋がぞくぞくする――ことに、わたしが解決した事件の大半は、実はわたしの母が解いたのだという秘密を。

じっさいのところ、それは、ママがわたしに用いるもっとも強力な武器である。ママの家の冷蔵庫を半日がかりで修繕させようというときや、嫁入り前のママの姪に、年ごろの警官を紹介させようというときや、妻のシャーリイとの口争いの際にわたしに味方させようというときなどに、ママは無心なさりげない口調でこんなふうにいうのだ。「さぞかしみなさん大笑いなさるだろうねえ、デイビイ、殺人課のお歴々は。ほら、あの町なかのホテルで、洗濯物をほうりこむシュートのなかにおっこちたおばあさん、あのひとの身におこった事件を、あんたがいかにして解いたか、だれかがしゃべったとしたら」

過去五年間、わたしは何百回となく、事件の話は二度とママにするまいと心に誓った。そして何百回となく——ママの焼いた香ばしいロースト・チキンと、腕白時代にひきもどすママのひと睨みの前に——わたしはいとも簡単にその誓いを破ってきたのだった。「それにさ」とママは、わたしの心の動きを読みとると、すかさずこうつけくわえるのを忘れない。「あんただって、スラタリイ警部さんに、背中のひとつもたたかれて、君はシャーロック・ホームズの卵だねえ、なんていわれれば、そうそう惨めな気持にもならないでしょ、え?」

ここがママのすばらしいところである。人間の心理がにくいほどわかっている——ただし、ちと度がすぎるきらいがあるが。

それはさておき、先週の金曜日、シャーリイとわたしは、例によってブロンクスのママの家で夕食をご馳走になったのだが、ママは、わたしたちがレバー・コロッケにとりかかるのを見すまして、いつもの質問を放った。「ねえ、デイビイ、近ごろ、お仕事のほうはどう?」

「別に、面白い事件もないよ、ママ。目下の事件は、しごく簡単なものでね。人殺しの犯人はわかっているし、有罪は決定しているようなものなんだ」

「それならどうして、そんな渋っ面《つら》しているの? まるでネイサン伯父さんの顔みたいよ、たかり屋《シュノーラ》の義弟のセイマーが家にやってくるっていう知らせをきいたときの」

「ああ、まあね、正直いうとね、ママ、こんどの事件はちょっとひっかかるんだよ。どうもすっきりしなくてね。つまりさ——ね、殺人犯を逮捕したときには、気分がいいもんだよ。どぶねずみを一匹片づけたという気分だね。ところがきのう逮捕した殺人犯は——これがとても律儀な紳士で——」

「感傷よ、純然たる感傷よ」とシャーリイが口をはさんで、例によって憐れむような嘆息をもらした。シャーリイはバッサー女子大で社会学を勉強したので、当然彼女は才媛で、わたしは彼女の憐れみを光栄と思うべきなのだろう。「いくらいえばわかるの、デイビッド。スラタリイ警部が満足していらっしゃるなら、ただ気になるからと、いらぬおせっかいをすべきではないのよ。この世界でぬきんでようという人間のすることじゃないわ——」

「そうだわ」とママは、シャーリイににこやかな笑顔をむけた。「人間はおせっかいをすべきではない。それは、このあたしが、厳しく躾けてきたことでね——」

「事件の話をしましょう、ママ」とわたしは大急ぎでいった。なぜなら、ママのレバー・コロッケは、平和と友好の雰囲気のなかで味わうべきものだったから。たしかに、この事件に対するママの好奇心は、嫁の非難からわたしをかばおうという意気ごみをくじくほど強かった——そこでわたしはただちに本題に入った。

「下町の料理屋で」とわたしは話しだした。「クルムホルツの六番街グロットオという——

—とても有名な小さな店なんだがね、有名人や演劇人や運動選手なんかで大繁盛なんだ。夜はいつでも満員だが、昼どきはわりにすいている。さてきのうの昼どきのことだ、演劇プロデューサーのドウィット・グラディが舅《しゅうと》のバートレット博士をともなって、このクルムホルツ・グロットオを訪れた。バートレット博士は有名な外科医だが、いまは隠居の身なんだ。グラディはグロットオの常連だった。週に三、四回は通ってくるから、店の者とは顔見知りだったが、みんなに毛嫌いされていた。あらゆる報告を総合すると、おそろしく横柄で、不作法で、不愉快な男だったらしい、いつも文句はいうし、いばりちらしていたそうだ」

「それは演劇人の通性だわね」とシャーリイがいった。「社会学的研究によると、一般に演劇人は——」

「ねえ、ちょいと、教えてもらいたいの」とママがシャーリイにいった。「いままでにだれか、へりくつ的人間のへりくつ学的研究をしたひとがいる？」

「それ、どういうことですの、おかあさん」とシャーリイはいった。「いったい、なにがおっしゃりたいんですか？」

「グラディが、とくにいじめていたのは」とわたしはあわてていった。「グロットオの給仕のアービングという小柄なじいさんだった。このアービングは、クルムホルツのところで三十年も働いていて、だれでも知っているし、みんな彼を贔屓《ひいき》にしていた。なにしろ気だてのいいじいさんで、いつでも客には病気の加減や子供の様子をたずねるし、客の誕生日や結婚記念日も忘れたことがない。グラディがことごとにアービングをいじめて楽しんでいたわけは、そんなところにあるらしい。とにかくグラディが、グロットオにくるたびに、アービングはみじめな思いをした。あたりはばからぬ大声で注文をする、悪罵を浴びせる、皮肉な冗談を投げつける。老人をあざ笑う、侮辱する、ときにはチップを置いていかないことさえあった。

きのうの午後も例外ではなかった。グラディは舅のバートレット博士を連れてきて、アービングの受持のテーブルにすわると、早速やりだした。そして、「じいさん、その足で、ここまでこられるかい？」というような憎まれ口をたたきながら、アービングを呼びつけた。それからまず生牡蠣を注文して、わさびをけちけちするなと嫌味をいった。クルムホルツのグロットオはわさびが名物なんだ――〝当市随一からいわさび〟というのが店の看板のひとつでね――グラディは、看板のわさびをけちけちして客をかつぐなよ、とアービングに嫌味をいうのが愉しみのひとつだった。

牡蠣が運ばれてくると、こんどは、バートレット博士と自分のためにヌードル・スープを注文した。彼は自分の分にはまちがっても塩を入れるなとアービングに厳重にいいわたした。「先週医者へ行ったら、塩分をとると、ひどい胸やけをおこすといわれたからな」といって、くどいほどアービングに念をおし、アービングは、お客様のスープには塩はぜったいお入れいたしませんとうけあった。するとグラディは、「お前は信用できん。きっとコックにいいわすれるだろう。ものおぼえがわるくなったからな、じいさんは」といって、店主のクルムホルツをわざわざ呼びつけると、アービングの運んでくるスープの味見をして、ほんとうに塩が入っていないかどうかたしかめろといった――これがあの気の毒なアービング老人にとってどんな侮辱かわかるでしょう。さてようやくアービングは、調理場へヌードル・スープをとりにいった――その背にグラディが浴びせかけた。「いいか、気をつけろ、スープに親指をつっこむなよ」」

「そのグラディという男は」とママがいった。「あんたの死んだお父さんの従姉にそっくりだわねえ」

それを聞くとシャーリイは、おほほと笑った。「ほんと、おかあさん、世間の人がみんな、おかあさんのお知り合いのだれかに似ているっていうのは面白いこと」

「それほど大勢の人間を知っているってことね」とママはまばたきひとつせず答えた。

「あたしの人間に関する知識はね、本の受けうりとはまったくちがうのよ。トランプのジン・ラミーをじっさいやっているものと、横から口出し《キビッツ》をするひととのちがいだわねえ」

「話の続きだけどね」とわたしは口をはさんだ。「アービングは調理場へいくと、コックのルーイにヌードル・スープを二人前たのんだ、そしてひとつは塩をぜったい入れないようにと何度も念をおした。そこでルーイは、スープ皿のひとつには、大鍋から、塩味のついた出すばかりになっているスープを注いだ。もうひとつの皿には、塩ぬきで特別に調理したスープを注いだ。それから二つのスープ皿は、アービングの盆にのせられた。アービングはそれをもって調理場を出た。調理場から食堂に通ずるはね戸の前にクルムホルツが立っていた。グラディは上得意だったので、彼の注文をないがしろにするわけはなかった。クルムホルツはアービングをひきとめ、グラディのスープを一さじすくって飲んでみた。塩が入っていないかどうかたしかめるためにね。これは非常に重要なことだからね、ママ、忘れないでくれよ。クルムホルツはグラディのスープの味見をしたんだ。スープの味は上々で、塩気はまったくなかった。そこでクルムホルツは、アービングに運んでいくようにといった。

アービングはいわれたとおりにした。食堂を突っきって、まっすぐにグラディとバートレット博士の卓へ盆を運んだ。盆の上には他の客の注文ものっていた――ビールが二本と生クリームを山盛りにしたクルムホルツ特製ピーチ・サンデーとネッセリローデパイが一切れ――だけど彼はまっ先にグラディの卓へいった。かわいそうなアービングは、それほど彼を怖がっていたんだ。そしてスープの皿をグラディとバートレット博士の前に置いた。だグラディは一さじすくって飲むと、ちゃっと舌をならして、「まあまあだ」といった。だがそれ以上飲むことはできなかった。とつぜんうめき声をあげて、どさっと床にくずれおちた。みんなが駈けよったときには、もう死んでいた。検死官は彼の胃のなかから青酸カリを検出した——ヌードル・スープのなかには、演劇プロデューサーをあと二十人は殺せるぐらいの量が入っていた。

まあ、こういうわけだよ、ママ。調理場には青酸カリの壜があった——コックのルーイが、鼠を退治するために買っておいたんだ。戸棚の鍵はかけてあったが、鍵はクルムホルツの使用人ならだれでも手の届くところにあった。だからあたりまえなら、容疑者は掃くほどいるはずで、事件は迷宮入りになるところだった。だがちょっとした好運に恵まれたんだ。グラディのスープが運ばれる直前に、クルムホルツが味見をしたということさ。一さじたっぷり飲んだが、彼は何事もなかった。ゆえにだ、毒は、スープが調理場を出たあと、そしてグラディのもとへ運ばれる前に入れられたことになる。このあいだにスープに毒を入れる機会のあった人間はただ一人——給仕のアービングだ。かわいそうなアービングじいさん」話が一段落すると、わたしは思わず小さな吐息をもらした。

「あんただけが、手ばなしでよろこべないってわけね」とママはいやにやさしい声でいった。

「動機の点がひっかかるんだよ、ママ」とわたしはいった。「スープのなかに親指をつっこむなと注意されただけで、人殺しをする気になるだろうか？ 職業上のプライドの問題だとしても、これは行きすぎじゃないか。それにこのアービングは——復讐をするようなタイプじゃない。あんな穏やかな好人物は見たことがないよ。署で彼の指紋をとるのにひと苦労したんだ――インクのなかに指をつっこんだはいいが、巡査部長のワイシャツの袖をよごしやしないかってえらく気にするんでね」わたしは首をふりながら口をつぐんだ。自分が腹だたしかったのと、シャーリイの顔にうかんだ表情に気づいたからである。その顔はこういっていた。「どうしてそんなに大騒ぎするのか、あたしにはわからない――男が人を殺して、刑罰をうけようとしている。ただそれだけのことじゃないの！」

　ママは愛情と揶揄の相なかばする表情でわたしをちょっと眺め、ためいきをもらした。

「デイビイ、デイビイ、なんてまあ心のやさしい、思いやりのある子だろう！　あんた、まだわからないの？　かわいそうと思うだけじゃ、なんのたしにもならない、かわいそうと思うだけじゃ、その老人を電気椅子から救いだせやしない、かわいそうだけじゃ、だれがスープに炭酸カリを入れたのかわからない――」

「青酸カリよ、おかあさま」とシャーリイがいった。ママがときおり勝手にいいかえる英語を指摘するのが、シャーリイの生きがいのひとつだ。わたし自身は、いっこうに気づかない。三十三年間ママといっしょにいるうちに、わたしの頭は自動的に、〝炭酸〟を〝青酸〟におきかえるようになっていた。しかしシャーリイはそうはいかない。どんな些細なまちがいも決して見逃さなかった。バッサーの教育は、こんなことにしか役にたたないのだろうか？　「せいさんよ」と彼女はくりかえした。「青という字をかいて――」

「ありがと、ありがと、シャーリイちゃん」とママはトリの骨をやけに丁重にふりまわした。「あんたはいまに綴り字競技の正選手になれるわ」といってから、わたしのほうに向きなおった。「合の手が入るまえにいったけど、どんなときでも、親切な心よりは頭ですよ。あんたのおつむはどうしたの、ディビイ？　殺人課じゃ、鉄砲やバッジといっしょに、脳みそも支給してくれるんじゃないの？」

「アービングじいさんには、脳みそもたいして役にたたないと思うけどね、ママ。なにしろ明々白々な事件だもの」

「じゃ、もっとはっきりさせたらどう？　たとえばね、あんた、どうやら、大事な点をいいおとしているわね。きっとぼんやりしていたのね、いうつもりだったんだろうけど」

「大事な点ってなにさ、ママ。重要な事実はみんなお話ししたはずですが」

「動機のことを聞いたかしら。悪いけど聞こえなかったわ。近ごろ年のせいで耳が遠くなったのかしら――」

「ぼくは、アービングの動機の点が納得できないといったよ、ママ」

「アービングの動機？　だれがアービングの動機なんていった？　ほかの連中の動機はどうなの？　舅のバートレット博士はどうなの――グラディを殺すと、お金が入ってくるんじゃないの？　コックのルーイはどう――グラディが、彼のつくった料理にけちをつけたので怨んでいたとか？　そういう点はどうなの？」

ママをやりこめるのは、わたしにとっては常に無上のよろこびである。じっさいは、その機会はごくまれだ――だから訪れた機会は最大限に活用する。「いやいや、ママ、われわれ愚かな警察官も、その点では、ちょっとばかりママに先んじたようですな」とわたしは胸をそらし、もっとも職業的な作り笑いをうかべた。「バートレット博士が金ほしさにグラディを殺すことはありえない、グラディに金なんかなかったんだから。彼は破産しかかっていた。最近製作したショウが三つとも失敗して、まったく見せかけの生活をしてたわけですよ。それにひきかえバートレット博士は、大金持で、パーク・アベニューにペントハウスをもっているくらいだ。それからルーイは、料理をけなされたからとグラディを殺すことはありえない。なぜならグラディはルーイの料理が好きだった。じっさいあの料理屋で、グラディが侮辱しなかった唯一の人間はルーイなんだ。ルーイには、毎月多額の心づけをあたえていたし、パーティを開くときはかならず賄方をまかせた。ですからママの推理は、今回はちと的はずれでしたね」

　不思議なことに、ママはいっこうにたじろぐ気配がなかった。深くうなずいて、こういっただけである。「そう。まさにあたしの思ったとおり。もうひとつ、いいかい、デイビイ、これは大切なことなんだから、しっかり考えてちょうだい。グラディがね。いいかい、ヌードル・スープのあとに注文したのはなんだった？」

「それがどうしたの、ママ？」

「ヌードル・スープのあとに、なにを注文したの？　こんな簡単明瞭な英語がわからないの？」

「スープのあとに注文したものが、事件とどんなかかわりがあるのか教えていただけませんか、ママ。どっちみち、彼は食べなかったんだ。毒の入っていたのはヌードル・スープで――」

ママはひそやかな笑みをもらした。「あたしは興味があるの、どんなかかわりがあるか。おつむのやわな年寄りをいたわって、どうか答えてくださいな」

「わかった、わかったよ、ママ」とわたしはいったが、内心ではこう思った、女なんてどいつもこいつも同じだ、殺人事件の最中でも、食べものだの家事だの、くだらないことが気にかかるんだからな――「うーん、正確にはおぼえていないけど、アービングの注文伝票には、たしか、クルムホルツ特製の三層ピノクル・サンドイッチって書いてあったな。ベイコンとレタスとマヨネーズと燻製にしんとロシア風ドレッシングとサラミがはさんであって、ピクルスが添えてあるやつ」

「ご苦労さん」とママはいった。「それは、とびきり重要な手がかりだわ」シャーリイがためいきをつき、またも憐れむような表情をうかべたが、ママはそれに対してにっこりとしただけで、ふたたび口を開いた。「最後の、もっとも重要な点。この給仕のアービングはそうとうの年なんでしょ。あの重労働をどうやってこなしていたの？　たとえば、混み合うさかりなんか、注文をとりちがえたりすることはなかったの？　お盆をかつぐのは、苦労じゃなかったの？　さあ、答えて」

「それが重要な問題なのかい、ママ？」

「おまわりさんや、へりくつ学者には重要じゃないかもしれないけど」ママはにやりとして、「でも世間一般の常識をそなえた人間には、とっても重要なのよ」

「仰せとあればお答えしますがね、ママ。そう、たまたま、ママの推察どおりだよ、アービングには、あの仕事は重荷になっていた。それがこの事件のもっとも同情すべき点なんだ。あの哀れな老人は、給仕をつとめるにはもう年をとりすぎていた。重い盆を片手で頭の上にさしあげるなんていう芸当はできなかった、ということは、混み合うときに、人ごみを縫って、盆を運ぶのがほとんど不可能だったということだ。だから店主のクルムホルツは、今月の末に彼を驚かせる提案をしようと考えていた。多額の退職金と年金をつけて、老人に退職してもらうつもりだったんだ。だからね、ママ、もし気の毒なアービングが、もう二、三週間、堪忍袋の緒をきらずにおいたら、彼はもう二度とグラディの侮辱をうけずにすんだんだ」わたしはかぶりをふった。「哀れな事件じゃないか、ママ、なんとも哀れな事件だよ」

　ママは首を前後にふりながらいった。「ええ、ええ、哀れな事件だわ、哀れな哀れな事件ですよ」ママはわたしをからかっているのではないか、とわたしはふとあやしんだ。やおらママは頭をぐいとそらし、軽蔑をこめたうなりを高々と発した――これはまさに、ママが勝利者であることを示す行為のひとつである。「哀れだって？　これは悲劇よ！　お葬式をすべきよ！　ミンヤン（ユダヤ教の礼拝に必要な十三歳以上の男子）をしたがえなくちゃ！　アービングのためにするんじゃない――自分の鼻っ先も見えない殺人課のためにね！　あたしは、アービングのことなんか心配しないわよ――明日にでも留置場から出られるだろうから――」

「ママ、なにいってるの？　アービングにはだれもなんにもしてやれないんだ。とにかく彼は――」

「あたしなら、なんとかしてあげられる。彼が人殺しをしたんじゃないってことを証明できるわよ、真犯人がだれか、あんたに教えてあげられるわ」

「信じられないな、ママ」

ママは顎をぐっとあげて、いかめしい顔つきをした。「じゃあ、あんた、なにを賭ける？　うちの寝室の壁紙をはりかえたいんだけど、もしあたしが教えてあげたら、あんた、日曜日にうちにきて、はりかえてくれる？」

「でもママ、日曜日はシャーリイが、メトロポリタン美術館へ連れていってくれる約束になっている。日曜日はシャーリイが、ぼくを文化に触れさせてくれる日でね」

「文化は待ってくれます。もし真犯人を教えてあげたら、うちの壁紙に触れてくれる？」

わたしが一瞬ためらっていると、シャーリイがくちばしをいれた。「お賭けなさいよ、デイビッド。まさか負けるとは思わないでしょ」

わたしはうなずいた。「いいとも、ママ。賭けよう」

ママはテーブルごしに手をのばし、わたしと握手をかわした。それから椅子の背にそっくりかえると、会心の笑みをもらした。「では謎ときをいたしましょう。まず最初に、アービングが毒殺者ではありえない証拠をお目にかけましょう。これはね、さっきいった、三番目の重要な点ね。アービングは年寄りだって、あんたいったわね。給仕のつとめがもう満足にできなかったって、そういったわね。ことに重いお盆を片手ではもてない——両手を使わなくてはだめだって、たしかそういった。よろしい、ではきのうの昼、ヌードル・スープをグラディのところへ運んだとき、彼のもっていたのは重いお盆だったか、軽いお盆だったか？　重いお盆だったって——あんた自分でいったじゃないの。ヌードル・スープを二皿のせた上に、ビール二壜とクルムホルツ特製ピーチ・サンデーとネッセリローデパイがのっかっていたって。重いだけじゃない、壜やらスープ皿やら、こぼれたり、はねたりするようなものがのっていたんでしょ。ねえ、アービングみたいな人間は、グラディに嘲られるような失策をおかすまいと必死だったと思うわね——つまりアービングは、あのお盆を必死になって両方の手でもっていた！　そしてもし両手でお盆をもっていたとすると——」

「——とすると、どうすれば毒薬をスープに入れられるか！」とわたしはいった。

ママはうなずいて、「そのとおり、しあわせだわねえ、あたしは、頭のいい子をもって

——考えるのは母親のほうだけど」

わたしは眉をよせて、ママのいったことを検討した。それからかぶりをふった。「でもね、ママ、それはありえない。アービングがスープに毒を入れなかったとしたら、いったいだれが入れたの？　アービングがテーブルに運ぶまでのあいだに、スープに近づくことのできた人間はだれもいない。アービングがそれをグラディの前に置いたあとだって、だれもそれに近づけない、グラディはすぐに手をつけたんだから」

「じゃあスープが調理場を出る前は？」

「それはますます不可能だよ、ママ。だってクルムホルツが、調理場の戸口で待ちかまえていて、スプーンに一杯、スープを飲んだんだから——」

「そうかもしれない」とママは指を一本、意味ありげにあげた。「そうでなかったかもしれない」ママは笑顔でテーブルを見まわしたが、ご満悦のようすで言葉をついだ。「これはまた重要なことなんだけどね。そのグラディはヌードル・スープのあとになにを注文したか？　さっき訊いたわね。クルムホルツ特製三層ピノクル・クラブ・サンドイッチだって、あんたいったっけ。ベイコンとマヨネーズとロシア風ドレッシングと燻製にしんとサラミをはさんだやつ。そこでちょっときくけど、ディビイ——これはちょっと変ってると思わない？」

「そうだね、そんなものを食うやつは異常だと思うね、ママ、別に驚きはしないけど——

――」

「デイビイ、デイビイ。グラディは、塩分をとるとひどい胸やけをおこすと医者にいわれたから、スープにはぜったい塩を入れるなとアービングにいう。するとお次はベイコンとマヨネーズと燻製にしんとロシア風ドレッシングとサラミのサンドイッチを注文する――塩がどっさり入ってるものばかりよ！　こんなサンドイッチは、まあ岩塩坑みたいなものだわね！」

「ああ、ママのいわんとするところはわかる。まったく、おかしいよ。だけどなぜ――」

「その理由はただひとつ。グラディは嘘をついていたのよ、デイビイ。胸やけがするから塩を入れるななんて、真赤な嘘。彼の望みは、コックのルーイに、彼の分として格別の、特別の特製スープをこしらえさせること、バートレット博士の分としてまったく別のスープをこしらえさせることだった、そしてアービングがこの二つをとりちがえて、バートレット博士のスープを自分に出し、自分のスープをバートレット博士に出したりしないようにするための口実だった。ぜったいに間違いがおこらないようにするために、塩ぬきのスープがほしいと嘘をいったのよ」

「だけど、なぜさ、ママ？　なぜグラディは、どっちのスープが自分のところにくるか、どっちのスープがバートレット博士のところへいくかということを気にしなくちゃならなかったの？」

「なぜかというとね、デイビイ、コックのルーイが炭酸カリを入れたスープをグラディはまちがって飲んだりしたくなかったからよ」

一瞬、わたしの当惑は大きく、ただぽかんと口をあけていた。そのまま長いこと、ぽかんと口をあけたままでいたらしい。しばらくして、ようやくわれにかえると、わたしはこういった。「ママはこういうつもりなのか――あのグラディとルーイが――」

「――バートレット博士の毒殺をくわだてていた」とママがいった。「こういうつもりというんじゃない、こうとしかいえないわよ。バートレット博士にはグラディを殺す動機がない。でもグラディがバートレット博士を殺す動機はあったのよ！　グラディは破産しかけていた、バートレット博士はパーク・アベニューにペントハウスをもっている大金持。バートレット博士が死ねば、博士の娘のグラディ夫人は、当然パーク・アベニューのペントハウスをふくめた全財産を相続することになる、そうすればグラディはまたまたいくらでも失敗作をこしらえられるじゃないの。これは非のうちどころない動機だわね！　それからこの殺人の共犯者はだれか？　まずあのスープをこしらえたのはだれか、毒薬が目的のスープ皿に入ったことを確信できるものはだれか？　グラディのご贔屓だったのはだれ？　チップをたくさんもらって、パーティの料理とサービスをまかされていたのはだれ？　鼠を殺す薬を容易に手に入れることができたのはだれ？　コックのルーイです――ほかにだれがいる？」

わたしは烈しくうなずいた。「そうだ、ママ、そのとおりだ、彼だけが――」といいかけて、わたしははたと口をつぐんだ。「だけどママ、そんなことはありえない！　ルーイを有罪にはできないよ。まず第一に、毒が入っていたのは、バートレット博士のスープ――つまり塩の入っていたほうのスープじゃなくて、グラディのスープ――つまり塩の入っていなかったスープだったんだぜ。第二に、クルムホルツ自身が、そのスープの味見をしている――」

「その問題の答えはひとつよ」とママはいった。

「なんだよ、ママ。ぼくには見当がつかない」

「さて、なんでしょう？　前にいったはずだわ。グラディという男は、お父さんの従姉によく似ているって。くわしくいうと従姉のサディ・シュワルツよ」

「彼女も毒を盛られたのかい、ママ？」

「いいえ、毒なんか盛られるものですか。二人の類似点は、厳密にいうと人柄ね。殺人事件は、人生における特殊部門かしら？　いいえ、ほかの日常茶飯事と同じことよ――根本は人間の性格、肝心なのはそれよ、お父さんの従姉《シュメンドリク》のサディ・シュワルツというひとくらい、腹のたつ人間はなかった！　正真正銘のあほたれよ！　あのひとを満足させるものなんてなかったわね、しじゅうひとをどなりちらして、無礼なことをいってたわ。身内のものは、腹にすえかねりゃ、わめきかえしてやったものよ。このあたしでさえ――日ごろは完全なレディであるこのあたしでさえ！　あるとき、ま、こんなことは関係ないわね。問題はね、あのひとにどなりかえしたりできない立場にある不運な連中《シュリマッツェル》よ。あのひとにたよっている人や金を借りなければならない人や、あのひとにものを売る人間はどんな気持だったろうね？　こういう連中がサディにどんな復讐をしたと思う？　ねえ、デイビイ、これが人生の実情というものなのよ。一寸の虫にも五分の魂ってねえ――でも虫は虫なりのことしかしない、人間がやるようなことはしないのさ。地面の下で、ほんのささやかな抵抗をする、だから外から見ただけじゃなかなか気づかないのね。虫がだれかに復讐したいと思うときには、そいつの頭に風穴をあけたりするようなごたいそうなことはしない――もっとひそやかな、陰にこもった仕返しをするのよ――ときによると、風穴よりたちが悪いわ。従姉のサディみたいに――」

「ママ、さっさと要点をいってくれ！」

「従姉のサディと水道屋みたいに」とママはこわい顔をしてくりかえした。「サディときたら、長いこと、水道屋の神経をいためつけてきたのよ。そりゃそうよ、あのひとみたいな声でどなられちゃ、ユダヤ僧《ラビ》の神経だってこたえるわね。サディが下水管のなおし方が悪いといってどなりちらしたとき、水道屋はどうしたと思う？　かなてこで彼女の頭をたたきわったと思う？　とんでもない。彼はひそやかな復讐をしたのよ。笑顔で、ぺこぺこしながら、こういった。「はいはい、奥さん、ではまたやりなおさせてもらいますよ」そして彼はなおしたの、とにかくそれ以来、下水管は、毎晩十二時になると、がたごと、がたごと鳴りだすようになったのさ——がたんごとん、がたんごとん、がたんごとん——たっぷり一時間は鳴ってるのよ、だけど、だれもどうしようもないの。二ヵ月というもの、サディは一時すぎまでねむれなかった——」

「ママ」といったわたしの声は、いささか荒々しかった。「それが殺人事件とどんな関係があるんだ——」

「そのグラディという男は」とママはいう。「従姉のサディにそっくり。それからアービングは、あの水道屋。アービングじいさんは、グラディの侮辱に腹をすえかねたからといって、派手な復讐をするだろうか——いいえ、しない。ひそやかな仕返しをするだろうね。たしかに哀れなお年寄りだけど、仕返しもできないほど耄碌《もうろく》しちゃあいない。グラディが、おれのスープのなかには塩を入れるなという。塩気をとると、ひどい胸やけをおこすんだという。するとアービングはこう考える。『なるほど、こりゃうまいことをきいたわい。お前さんは、このわしに、スープのなかに親指をつっこむといってののしる気だね？　じゃあわしは、お前さんに胸やけをおこしてやろうかい』」

「わかった、ママ、わかったよ！」とわたしはさけんだ。

「コックのルーイは、大鍋から注いだバートレット博士のスープのなかに毒薬を入れた。クルムホルツが調理場の戸口で味見をしたスープは、バートレット博士のスープではなく、ルーイが特別にこしらえたスープ、つまりグラディのスープだった——だから当然クルムホルツは無事なわけだ。しかしアービングは、スープを二人の前に置くときに、とりかえたんだ！　グラディにいくべきはずのスープをバートレット博士の前に、バートレット博士にいくべきはずのスープをグラディの前に置いた。こうすればグラディに胸やけをおこしてやれると思ってね——そして知らずに彼を殺してしまったんだ！」

ママは深い吐息をつきながら、椅子の背によりかかった。「やれやれ、デイビイ、あたしだって、そうすらすらとはいえないわね——でも忘れるんじゃないよ」とママはつけくわえた。「日曜日にはかならず壁紙をはりにくるのよ」

「ちょっとお待ちになって、おかあさん」とシャーリイがいった。「納得のいかない点があるわ。おかあさんの推理を完全に崩してしまうような、小さな穴があるような気がするんですけど」

「あらそう」ママは首をつきだし、鷹揚な好奇心を示した。

「おかあさんの推理はすべて、あの給仕が——アービング、っていったかしら？——二つのスープ皿を置きかえたので、殺されたほうが、塩入りのスープを飲むことになるという仮説にもとづいていますわね。そうですかしら？」

ママはうなずいた。

「でもねえ、おかあさま」という馬鹿丁寧な口調にもかかわらず、シャーリイの目が期待で輝いているのが見えた。「アービングは、その計画をどうやってやりとげるつもりだったのかしら？　彼は事前に気がつかなかったのかしら――気がつかないのがおかしいんだけれど――犠牲者はスープを一口飲んで塩気があるのに気づいたら、二杯目は飲まないでしょう？　だから胸やけなんかおこすはずないし、アービングはわざわざ自分の身に災いをまねいたにすぎないんじゃなくって？　さあ、おかあさま、これはどう説明なさる？」

　ママは両腕を組んで、自信たっぷりな笑顔をシャーリイに向けた。「説明しましょう、シャーリイさん、たった一言で。わさび。グラディはスープの前に、わさびのきいた生牡蠣を食べたばかりだったわね――クルムホルツの名物わさび、看板どおりのニューヨーク一からいわさびよ。だから、ね、アービングは、グラディがスープに塩気があるかどうか気づきっこないことを、ちゃんと心得ていたのよ。ニューヨーク一からいわさびをなめたあとじゃ、ね、味なんかわかりっこないのよ」

　シャーリイは苦虫をかみつぶしたような顔をしてひきさがり、一方ママはゆっくりとわたしのほうに向きなおった。

「日曜日の朝ですよ、デイビイ、お忘れでないよ」

「あんなばかばかしい賭、まさか本気じゃないんでしょ、おかあさん」シャーリイはさりげなく笑いでごまかそうとした。「デイビッドの教養をたかめる機会を、まさか邪魔なさるおつもりはありませんわよね」

「早く来るのよ」ママはシャーリイを見むきもせずにいった。

まあ、率直にいえば、わたしもほっとしたところだ。あのメトロポリタン美術館ときたら、足にまめをこしらえるのがおちなのである。

ママの春

Mom in the Spring

それはうるわしい春だった。ママは再婚すべきではないかと、妻のシャーリイと考えたのも、そんな春のせいだったのかもしれない。

「なんたって五十の坂を越したばかりじゃ、年寄りとはいえないしね」とわたしはいった。

「ママはなみの三十女よりピチピチしているし。だいいち、ブロンクスのアパートでぽつねんとしていると思うとたまらない」

「わかりました」とシャーリイはこういった問題に接するときの女性特有のてきぱきした事務的な口調でいった。「だれを引きあわせましょうか？」

その質問にはちゃんとした答えがあった。むろん、ミルナー警部である。彼は殺人課のもっとも年輩の、結婚相手にふさわしい独り者で――ついでながら殺人課の刑事がわたしの職業である――ママにはうってつけの条件をそなえている。見てくれもそう悪くはないし――背も高く、やせ型で、不器用すぎる人間かもしれないが、口先のうまい洒落者よりママの気にいるだろう。なんとなく哀れをそそる風情があり、照れ屋で控えめだから――ママが尻に敷いたり、かわいがったりする機会はたっぷりあるわけである。しかもユダヤ人だ――ユダヤ人でない男なんてママには居心地が悪いだろう。とてもじゃないがママの冗談などわかりっこない。なによりもけっこうなのは、ふたりの関心事が一致していることだ。つまり犯罪である。金曜日ごとの夕食の席でママがわたしにかわって解決してくれた殺人事件は枚挙にいとまがない。

「じゃあ、手はじめにどうする?」とわたしはシャーリイにいった。

手はじめは、いうまでもなく、ロマンチックなお二人を引きあわせることである。そのためには悪気のないちょっとした嘘もいたしかたないだろう。ママには、ミルナー警部は孤独で哀れな独り者で、外食にはあきあきしていて、ママの家庭料理の味に恋焦がれていると話した。ミルナー警部のほうには、ママは哀れな孤独の未亡人で、自分のために料理をつくるのにはあきあきしていて、口の肥えたすてきな殿方にご自慢の牛の蒸し焼きをご馳走したくてうずうずしていると話した。その結果、次の金曜日の晩、シャーリイとわたしがミルナー警部を連れてブロンクスへ夕食をご馳走になりにいくということになった。

いささか気がかりなのはママが警部にどんな印象をあたえるかという点だった。ママは不躾なくらい飾りけのないひとで、なれない相手を面くらわせることがしばしばあるのだ。

たとえアメリカ合衆国の大統領が夕食にお出でになっても、ママは粗末なふだん着でお迎えし、いつものようにヌードル・スープを出し、いつものように手きびしい調子で彼の施政について意見をのべるにちがいないのである。

　ところが出だしから、シャーリイとわたしは嬉しい驚きを味わった。ミルナー警部は大統領ではなかった。ママの見るところでは、大統領よりずっとましらしい。悲しげな目つきをしたはにかみ屋で、ママは昔から悲しげな目つきには弱かったのである。パパの写真がなによりの証拠だ。だから、ミルナー警部が部屋に足を踏み入れた二分後にはママの表情がゆるんでいた。よせられた眉のかげには微笑らしきものがうかんでいた。握手ときたらひどくいんぎんだった。わたしに対しては例によって辛辣で、シャーリイにはあいかわらず猫なで声を出したが、ミルナー警部に向きなおるとがぜん完璧なホステスに変身し、お客の居心地には精いっぱい気をくばり、お客の話には興味しんしんだった。

　夕べの宴もいよいよたけなわとなった。話題はおのずから殺人へと及んだ。わたしが扱っている最新の事件はなにかとママが訊いた。ミルナー警部とわたしが目下同じ事件を手がけていると聞いてママはよろこんだ。「うちのおっちょこちょいの息子に、分別のある先輩がにらみをきかせてくださるのはありがたいわね」

　だが、ミルナー警部はちっともうれしそうな顔をしなかった。

「人間同士のやることときたら」と彼はいった。「同じ人間同士なんですがね。警察に入って三十二年になるが、いまもって驚かされますよ」

ママは笑った。「ブロンクスに五十二年も暮してますけど、驚くことなんかなんにもありませんけどねえ」

「まいった、まいった」とミルナー警部はいった。「ああいう手合い——きみから話してくれよ、デイブ。考えるだけでかっかとしてくるからなあ——おれじゃ、話はこんぐらかるばかりだし」

ママがミルナー警部にちらりと同情のまなざしをおくるのを見て——わたしはシャーリイと意味深長な目くばせをかわした。そこでわたしは話しだした。

「とくにいまいましいのはね」とわたしはいった、「ぼくらが、犯罪の予告を受けていたということなんですよ。一週間前にある夫婦が警察にやってきた——エドワード・ウィンターズと奥さんのエディス。男のほうは三十代後半、やせぎすで顔色も悪く、角ぶちの眼鏡をかけ、ひよわそうで、なんだかこせこせした人物。女はそれより少し若くて小柄だけれども、おそろしく沈着冷静で、態度がでかいんだ。あれは疑いもなくご亭主を完全に尻に敷いているね。ああいう関係が男をして結婚に冷笑的な——」

ここでわたしはシャーリイの視線に気づいた。わたしはあわててつけくわえた。「つまり、そういう結婚もあるということで。結婚は、おおむね人生におけるもっともすばらしい制度で、人間だれしもこれなくしては生きてはいけない」

「いいから先を続けなさい」とママはいった。目がきらりと光ったような気がして一瞬わたしは息をつめた。シャーリイとわたしの魂胆をママがうすうす感づいているなんてありうるだろうか？　ばかな、とわたしは思った。ママは露ほども疑うはずはない。

「このウィンターズ夫妻は」とわたしは言葉をついだ。「マーガレット伯母さんの身を案じていた。彼らの説明によるとマーガレット伯母さんは五十代後半。小柄で華奢《きゃしゃ》で、色香もやや褪せた未婚の婦人というわけだ。五番街のはずれの古びた二階屋にひとりで住んでいて、身寄りといえば甥のエドワードとその妻のエディスきりだった。伯母さんは二人をかわいがっていたし、二人も伯母さんを慕っていたそうでね。週に二、三度はいっしょに食事もする。伯母さんは二人を芝居に連れていく。二人は伯母さんの服を選んでやったり、誕生日をおぼえていたり、要するに生きがいをあたえてやっていた。と、まあ、こういう話だった」

「お金のことをいいおとしたわね」とママがいった。

　わたしはびっくりしてママを見あげた。ミルナー警部もびっくりしていた。

「その華奢ですてきなマーガレット伯母さんが大金持だったってこと」とママはいった。

「それからその甥っ子夫婦はあんまり裕福じゃなかった。この事実をいいおとしたわね」

「ママ、どうやって推理したの？」とわたしはいった。

「推理？　だれが推理なんかするの？」ママはわたしをにらみつけた。「あんたが、そういったじゃない。言葉のはしばしでそういった。ある婦人が五番街のはずれの二階家に住んでいる——となりゃあ金持ですよ。地代にしろ税金にしろ、五番街はブロンクスとはちがうもの」

「しかし甥夫婦のほうだが」とミルナー警部がいった。「連中に金がないのがどうしてわかったんです?」

「デイビイの話だと——〝伯母さんは二人を芝居に連れていく〟んでしょう。本来ならやさしい甥夫婦が年寄りの伯母さんを芝居に連れていくのが順序よ。でもこの場合はマーガレット伯母さんが切符代を払ったのはまずまちがいなさそうね」

「お見事」とミルナー警部はいい、ひょいと頭をさげた。「まったく玄人《くろうと》はだしだ」

「たしかに伯母さんが切符の代金を払っている」とわたしはいった。「じつをいうとね、ウィンターズ夫婦の正体を見きわめる五分前には、もう彼らは署にいなかったんだよ。そうか、伯母さんにたかっていたんだね。ウィンターズは生活費を稼ぐために、なにかやっている様子はない。建築家だと称しているが、最近は家一軒建てていないことは認めている。もっぱらニューヨーク市をぶちこわして再建するというしちめんどうなプランにかかりきりだそうで。奥さんに財産はない——中西部の出身で結婚する前は秘書として働いていた。それなのに二人ともパリッとした身なりをしているし、東六十丁目のいいアパートに入っているし、別につましい暮しをしている様子もない。そんな金がどこから出るのか？　マーガレット伯母さんしか考えられない。

　まあ、とにかく、二人は殺人課へやってきた、マーガレット伯母さんのことをえらく心配してね。伯母さんを殺そうとしているやつがいるとはっきりそういうんだ。その人間の名前までわかっている。ケンタッキーのルイビルで煙草栽培をやっている、トマス・キースというやつ」

「ちょっと待って」とシャーリイが口をはさんだ。自分にも謎ときぐらいできると、ときどきママに見せつけたいのだ。「あなたのお話には矛盾があるわ。マーガレット伯母さんが天涯孤独な身の上だとしたらよ――引っこみ思案のオールドミスで甥夫婦としかかかわりのない生活をおくっているひとがよ――いったいどうやってそのケンタッキーの煙草屋さんなんかと会えたのかしら？」

「それはいとも簡単な問題ね」とママがいった。謎ときはだれかさんが考えるほど生やさしいものじゃないんだよとママはシャーリイにいいたいのだ。「ひとり暮しのオールドミス、つきあいといったら親類のたかり屋《シュノーラ》の夫婦だけ――となったら、ピンとくるでしょ。新聞の個人広告欄。孤独な魂の告白。お上品で気弱なといったタイプの女性はけっきょくは手紙に心のたけをぶちまけるものよ」

「お見事！」と警部がいった。

「そのとおりだったんだよ、ママ」とわたしはいった。「二、三カ月前、ウィンターズ夫妻はマーガレット伯母さんの家を訪ねた。伯母さんが部屋から出ていったときに、たまたま床に落ちていた手紙を見つけた。そいつがトマス・キースの手紙だった。そのことを問いただすとマーガレット伯母さんはいっさいを白状した。ある雑誌の個人広告欄に名前を出したとね――〈教養ある中年の紳士と文通したし。当方気品あるインテリ婦人〉といったたぐいのやつさ。まあ、まあ――こういうタイプは知ってるだろう。この広告に返事を出したのがキース。甥夫婦に手紙のことを打ち明けたころにはキースとの仲はかなり睦まじいところまで進んでいた。あなたは小生の人生に深い影響を及ぼしたといったようなことをキースは書いてよこしてね、伯母さんのほうは生まれてはじめてダンスをした小娘みたいにうきうきしていたというわけさ」

「それでその役立たずの身内は気にいらなかったのね？」とママは苦虫をかみつぶしたような顔をした。「五十を越した女は人生を愉しむ権利がないと思ってるわけ？」

これを聞いたわたしとシャーリイは思わず目を見かわさずにはいられなかった――凱歌ともいうべき目くばせである、いささかはやまった目くばせだったかもしれないが。

「そりゃ気にくわなかったにきまってるさ」とわたしは話をつづける。「二人はさっそくマーガレット伯母さんに詰めよった。それは愚かしい、それはおとなげない、それは危険だといってね。相手は金が目当てだ、そいつは伯母さんを騙している、なにかよからぬことをするかもしれない。だが連中がやっきになればなるほど、伯母さんはますます意固地になる。ふだんはおとなしい、御しやすい婦人なんだが、まだ相手に会ったこともないのに、キースとの関係をひどく大事なものに考えているらしかった。甥夫婦にはっきりとこういった、なにがなんでもキースとの文通はやめない。生まれてはじめてかちえた真の友情なんだとね。あんた方にも友だちがいるだろう、なぜあたしにいてはいけない？」

「でかした、マーガレット伯母さん」とママはさかんにうなずく。

「でかした、マーガレット伯母さん」とミルナー警部がかすかな山彦《やまびこ》のように応じた。

「それどころか」とわたしはつづけた。「甥夫婦が反対すればするほど、マーガレット伯母さんはいっそう熱っぽい親密な手紙をキースに書きおくった。そうこうするうちに結婚の話が手紙のはしばしにちらつきはじめる。ウィンターズ夫妻は頭にきた。きっと伯母さん相手に火花を散らす場面があったにちがいない。二人とも伯母さんに向って声を荒らげたことはないと断言している――奥さんのエディス・ウィンターズなら、穏やかな一言で、たいていの人間ががなりたてても追いつかないような一撃があたえられそうだけどね。キースからたいそう甘い手紙がきたところで、彼らはとうとう警察にやってきたわけだ。

　キースを刑務所にぶちこんでくれという。ああいう男は災いのもとだというんだ。いかさまのぺてん師、それどころか――人殺しだってやりかねない。だいぶ前に故人になったエドワード・ウィンターズの母親も、二十五年ほど前に、結婚相手を求める独り者の広告の犠牲になったらしいんだよ。どこかのぺてん師にごっそり金をまきあげられて、母親はついに失意から立ちなおれなかったそうだ。そんなことで、息子のほうはこの問題にとりわけ敵意をもやしたのさ。もっとも、マーガレット伯母さんの財産をケンタッキーの煙草屋なんかに分けてやるのがいやだった、ということもあっただろうけどね。

とにかく、こちらとしてはなにもしてやれないというほかはなかった。キースはよその州に住んでいるんだし──犯罪が行なわれたわけでもなし──マーガレット伯母さんには好きな相手と文通する権利はあるわけだ。エディス・ウィンターズはこれを聞いて大弱りだった。夫といっしょにマーガレット伯母さんの机からキースの手紙を盗みだしていたんだが、キースがくわせものだということをわれわれに証明しようとそれを持ちだした。たしかにいかさまくさくはあるが──かといって手出しはできない」

「どんなふうにいかさまくさいの？」とママがいった。「例をあげてみてちょうだい」

わたしはちょっと考えた。「つまりね──歯の浮くようなお世辞やら、きわめて南部的な言いまわしがやたらに使ってある。たとえば、〈ぼくのかわいいマグノリアの花〉とか、〈ぼくの人生の星〉とかいうやつ。そいつが、クモの巣みたいに細くてこまかな老人特有の書体で、やたらに巻きひげみたいな飾りがついている文字でね──ほら、例の古風な書体だよ。

でもこの手紙の最悪の部分は追伸でね。〈わがいとしのひと〉とか、〈かわいいわが天使〉式はちょいとおやすみで、近いうちにぜひじきじきにお会いしたいと書いてあるんだ。

〈私が最後にあの大都市を訪れたのは一九二九年、私は独りぼっちで、心はうつろでした。自由の女神の像を見ましたが、私にはただの石のかたまりにすぎなかった。エンパイア・ステート・ビルのてっぺんから見おろすと、眼下にひろがるのは、家々の屋根と煙突ばかりだった。セントラル・パークを散歩しても、樹木はなにも語りかけてはくれなかった。だが近々私はそこをふたたび訪れようと思う、心は歓びに満ちあふれ、この腕にあなたを抱き、そしてニューヨークは魔法の都となるでありましょう〉ほんとなんだよ、ママ、やつはこのとおりに書いているのさ。で、気の毒なマーガレット伯母さんは、こいつにまんまとひっかかった」

ママは肩をすくめた。「それが男の論法ってもんよ。ベタベタおべっかを使って、女がひっかからないと落胆のあまりさわぎたてる――そうしていったん女がひっかかると、鼻先でせせらわらって、こういうのよ、『ばかな女めらが！』」

「男がみんなそうとはかぎりませんわ」シャーリイは口をはさむ必要を感じたらしい。「女性に最大級の敬意をはらう男性もおりましてよ」

ママはシャーリイに微笑をおくった――ママはどこまで感づいているのかなと思わせるようなすばやい微笑を。だがわたしの懸念は長くはつづかなかった。ママが話の続きをせっついたからだ。

「さて、ウィンターズ夫妻は猛然と署を出ていった」とわたしは言葉をついだ。「警察が手を貸してくれないなら、自分たちでなんとかするまでだといってね。連中がなにをやったかはあとで判明しましたよ。エドワード・ウィンターズは、トマス・キースに手を引くようにと警告するために、その晩飛行機でルイビルへたった。ところが、キースの電話番号は電話帳に出ていなかったんだ——ママには、そのわけはすぐわかるね。そこでウィンターズは朝を待ってニューヨークへ戻った。午後伯母さんに会いにいくと、伯母さんはひどく興奮していた。キースから電報を受けとっていたんだ。電報は受取人払いで来た——いいですか、受取人払いなんだよ！　そんな神経って考えられますか？〈いとしの君を永久にわがものにするため〉に今夜ニューヨークへ行くという電文だよ。老婦人はひどく気をもんでいた。友情がそこまで進展するとは夢にも思っていなかったんだ。現実に相手の男と結婚するという事態になって、すっかり度を失ってしまったらしい。怯えて、とりみだしていた。甥夫婦に夕食をいっしょにして、キースが着くまで家にいてくれと頼んだ。彼らは真夜中すぎまで待った——とウィンターズ夫妻はいっている——しかしキースはあらわれなかった。で、ウィンターズ夫妻はあきらめて帰った。

朝になってマーガレット伯母さんに電話をした。応答なしだった。そこで家に行ってみると、玄関のドアには鍵がかかっていなくて、居間の床に横たわっている伯母さんの死体を発見した。自分のスカーフで絞殺されていた。右手にはキースの電報がにぎられていた。なにがあったかはまあ明白だね。甥夫婦が帰ったあと、南部のロミオがあらわれた。そして結婚するためにやってきたんだという。伯母さんのほうは気が変って結婚はしたくないという——電報を受けとったときひどくとりみだしたといったね？　そこで男はカッとなって殺した——あの家に金があると踏んだのかもしれない。という次第で——これが事件のあらましです」

しばらくのあいだ、みんなは黙々と肉の蒸し焼きを食べた。とうとうママが頭をこくりと動かした。「で、いままでのところはどうなっているの？」とママはいった。「あの辺が管轄のケンタッキーの警察に頼んで、そのトマス・キースとやらを指名手配してもらったの？」

「すっかり片がつきましたよ」とわたしはいった。「きのうキースの身柄を引き渡してもらって、目下は留置場にぶちこんである」

「あれはけだものですよ」とミルナー警部がいった。「ああいうのは人間じゃないですよ」

だがママはわたしをじっと見つめている。「あなた、ほんとに彼を見つけたというの？　そういう名前の男がほんとにいたの？」

「ああ、そういうことか、ママ」とわたしは笑いながらいった。「もちろんキースというのは偽名だった——マーガレット伯母さんに出す手紙に使っていただけなんだ。でも写真で難なく見つかったんだよ」

「写真だって！」ママはピンと背筋をのばし、はったとわたしをにらんだ。「なんでそんな重大な事実を隠していたのか、教えてちょうだい。あたしになにもかも話してしまうと、あたしが解くにはやさしすぎるとでも思ったの？　おたずねしてよろしけりゃ、いったいどこでその写真を見つけたの？」

「伯母さんの寝室だよ。正確にいえば枕の下。その男の写真を枕の下に入れて寝ていたのさ。そこでこちらのファイルをしらべてみたら、写真の主は、サム・キッドという往年の詐欺師だと判明した——黒の濃い口ひげも同じ、てかてかに光らせた頭髪もそのまま。彼は東部じゅうを荒しまわっていた。一九二九年にニューヨークで逮捕されて南部の刑務所で十五年間服役していた。出所してからはまじめにやっていたらしい。むろん警察のほうじゃ彼から目をはなさなかった。いまは雑貨商をやっていて、北部へは二度と戻らなかったそうだ。だけど、副業に結婚詐欺をはたらいていたんだろうね」

「その男は一九二九年にもその手の詐欺師だったの？」とママはいった。「結婚詐欺みたいな？」

「詐欺にもいろいろあるけど」とわたしはいった、「まさしくその手だね、ママ。彼に会ってみればわかる。警察にある写真より、そりゃ老けているけど——最近じゃひげはしらがまじりで髪はまっ白だしね。でもあいかわらず人あたりはよくて、口先も達者でね。孤独なお年寄りがコロリと参るのもわからなくはないな」

「孤独なお年寄りというのが、どんなに危険なものかということですわね」とシャーリイが口をはさむ。

「それはたしか」とママはいった。「周囲のものが結婚をすすめたり、いろいろと危険なことが多いからねえ」

うろたえるシャーリイを尻目に、ママはわたしのほうに向きなおった。「で、その男がケンタッキーに住んでいたの？　そのルイーズビルに？」

「いや、ルイビルじゃないんだ。たしかにそこがこっちの弱味なんだけど。このサム・キッドはジョージアのアトランタで雑貨店をいとなんでいた。ルイビルなんて一度も行ったことがないといっている。マーガレット伯母さんも、その身内のことも聞いたことがないそうだ。まずいことにルイビルの電報局の女の子は、マーガレット伯母さんにその電報をうった男の顔をよくおぼえていない。さらにまずいことに、筆跡鑑定家は、あの手紙が彼の筆跡だと断定しきれなかった。どうやら筆跡をごまかしているらしいというんだ。そのかわり、こちらにはひとつきめ手があった――キッドには殺人の夜のアリバイがない。飛行機でニューヨークにとび、マーガレット伯母さんを殺し、すぐにアトランタに引きかえすのは容易にできたはずなんだ」

「こいつは申し分のない事件ですよ」とミルナー警部がいった。「人が無実の罪で処罰されるのは見るにしのびないですが。だがこのうす汚いイヌ野郎と――あの罪のない哀れな婦人――こいつはまったく申し分のない事件です」

「すばらしい事件だわ」とママはいった。「ただひとつ困るのは、それが真実にはほど遠いということよ」

近ごろでは、ママのこういう青天の霹靂《へきれき》ともいうべき発言にはなれっこになっている。わたしはどこ吹く風と受け流す。鷹揚に肩をすくめて微笑んでみせる。胸の奥では呻いているかもしれない。自分にこういいきかせているかもしれない。「もうこれっきり――ママも二度とこんなひどい仕打ちはしないだろう！」だがこれはわたしの胸の奥の話。表面は平然としているのである。

哀れなミルナー警部は、ママのこの御託宣ははじめての経験だった。この際、平然なんていう言葉は、とうてい警部にはあてはまらない。「しかしわからない」と警部はいった。「なんでそんなことが――いや、いったいなんでまた――つまり、なぜにしてそのように確信ありげに――」

「確信ありげ？　だれが？」とママはいった。「思いついただけですよ。でもまず四つばかり簡単な質問に答えていただきたいわ。そうしたら確信できると思うわ」

ミルナー警部はいよいよとまどうばかりである。「四つの質問？　よくわかりませんな。どんな質問です？」

わたしはすかさず助け舟をだした。「なんでもありませんよ。ママは質問するのが好きでね。いろいろなことに興味があるんです。いってみれば上品な好奇心というやつで——」

だが正直のところわたしは内心ひやひやしていた。ママの〝簡単な質問〟というやつは、ときとして突拍子もないことがある——わたしとしては、ママの頭がおかしいんじゃないかとミルナー警部に思われたくなかった。

「どうぞ、ママ」とわたしはいった。わたしの心は重く沈んだ。「ご質問をどうぞ」

彼女はいとも事務的にわたしをかえりみた。「第一問。マーガレット伯母さんがそのトマス・キースとやらからもらった手紙の——消印はどこだったの？　ほんとうにルイーズビルから来たの？」

この質問はちっとももとっぴではなかった——しごくもっともだった。わたしはほっと安堵の吐息をついた。シャーリイも同じようにためいきをついていた。

「ママがなにを考えているかわかるよ」とわたしはいった。「サム・キッドがその手紙をルイビルで投函していなかったとしたらというんだね。アトランタからじかに送ったのだとしたら。消印を見りゃわかるから、そいつは強力なきめ手になるだろうね。だけどあいにく、そいつが袋小路でね。マーガレット伯母さんは手紙の封筒はとっておかなかったんだ。ウィンターズ夫妻の話だと、伯母さんはみんな捨てちゃったそうだ」

「そう」とママはいった。「それをうかがって安心したわ」

「安心したって？　だって、ママ、こいつはちっともいい話なんかじゃないけど——」ママはかまわず続けた。「第二問。マーガレット伯母さんは、オールドミスの例にもれずに、とても几帳面できれい好きだったんじゃない？　住居も身なりも、ピカピカにきれいにしてたんじゃないの？」

この質問はまたもやわたしをいささか不安におとしいれた。なぜならばこの第二問は、第一問ほどまともではない。だが幸いにしてママのいうとおりだった。

「ああ、きれい好きで、几帳面なタイプだった」とわたしはいった。「あの家を捜索したときによくわかったよ」

「第三問」とママはいった。「そのろくでなしの甥は伯母さんにたかっていたことは別として、ひどいケチじゃないの？　しみったれ、そうじゃない？」

わたしの不安はますますつのった。わたしはママの質問を冗談にしてしまおうと笑った。

「いやあ、わからないなあ、そんなことがいったいどういう——」

「わからなくていいの。ただ答えて」

「それが——ママがそんな質問をしたのは、偶然の一致というやつだね。使用人や隣り近所や店屋の人たちや——ウィンターズ夫妻と接触のあった連中に聞いてまわったんだ。みんな、近所でもケチで有名だっていってたな。自分のためならよろこんで金を使うが、他人のこととなるとこまかくてしみったれだって」こういいながら、ミルナー警部の顔に浮かんだ当惑の表情にわたしは気づいた。「最後のご質問はなんでしょう、ママ？」わたしは〝最後〟というところを心もち強調した。

「第四問、これが最後」とママはいった。「マーガレット伯母さんがトマス・キースからもらった手紙には――アンダーラインがいっぱい引いてあったでしょ？」

「アンダーライン！」ミルナー警部のことが気になっていたものの、この質問には、あんぐり口を開けずにはいられなかった。「アンダーライン――いったいそれは――」

「アンダーラインよ」とママはじれったそうにいった。「言葉の下に線を引くこと。あたしの英語、急におかしくなったのかしら？」

「ああ、アンダーラインはたくさんあったよ」とわたしはいった。「どの手紙にもね。でも、ママ、ぼくにはさっぱりわけがわからない――」

ミルナー警部は身をのりだして、真剣なゆっくりした声、病人や子供に話しかけるような声でいった。「それがなにかの暗号だとお思いですか？　外国のスパイかなんかが、鍵になる言葉にアンダーラインを引っぱったとか？」

「暗号？」ママは苦笑いを浮かべた顔を彼に向けた。「そうもいえますね。ある人たちにとっては暗号かもしれない」

この言葉はまったく不可解だったので、わたしたち一同、ただただ途方にくれ、気をもむばかりだった。とうとうシャーリイが沈黙を破った。

「それで、どうなんですの、おかあさん？　ご質問をぜんぶおわったところで、警察が捕えたのが真犯人だとお認めになりますか？」

「真犯人！」ママは鼻を鳴らした。「真犯人はいまごろ大手をふって歩いているわ」

ママお得意の爆弾宣言である。わたしたちは三人三様の反応を示した。とくに面くらったのはミルナー警部だった。「しかしなにを見つけだしたんですか？　われわれが知らないことはなにもお話ししてないわけだが。いや、矛盾したことをいうわけじゃないが——」

「あなた方が知らないことを見つけだしたわけじゃないんですよ」とママはいった。「ただあたしは頭を使って見つけたんですよ、扁平足なんかじゃなくて」ママはとっさに申しわけなさそうな笑顔をミルナー警部に向けて、「なにもあなたの扁平足と申したわけじゃありませんよ、もちろん。ただ若い連中の——」申しわけなさそうな微笑は、厳しい表情となってわたしに向けられた。

「わかったよ、ママ」とわたしはためいきまじりにいった——ミルナー警部とのお見合いもこれでまったくだめになったと思ったからである。ママがこの哀れな人物を永久におじけづかせたことはたしかだ。「さあ、お話をうかがって、一件落着ということにしましょう。本事件の解明は？　まぬけな警察はどこでまちがいをしでかしたんです？」

「そもそものまちがいは」とママはいった、「いちばん大切なことを忘れたことよ——肉屋のフェインバーグのことをね」

ミルナー警部は目をパチクリさせた。「そのう」と警部はかぼそい声でいった。「その肉屋のフェインバーグさんとやらは何者ですか？　この事件には一度も登場してこないが――」

「肉屋のフェインバーグがどうしたの？」とわたしはそそくさときいた。

「これから説明するわよ」とママはいった。「戦時中の、肉不足のことをおぼえている？　かわいそうにフェインバーグは長いことお客に売るハンバーガー用のひき肉がなかったの。あたしたち、どれだけ不平を聞かされたことか！　ある日店にやってきた女のひとが歴史の本でたったいま読んできたという面白い話をしてくれた――ナポレオン・ボナパルトの時代の肉屋の話だけど、やっぱり肉が欠乏して、猫を殺してそれをハンバーガー用のひき肉にして売ったたって。フェインバーグはひどく熱心にこの話をきいていた。そして翌朝、お肉を買いにいったら、驚くなかれ、ハンバーガー用のひき肉がどっさりあるじゃないの！　それにまた驚いたことには、いつも店をうろついていた二匹の猫の姿が見あたらなかった！　じつをいうとその日フェインバーグのところでひき肉を買ったひとはあまりいなかった。あたしたちこういいあってねえ、『偶然の一致はけっこうだけど、でもなかには、ちょっと手近すぎて消化がわるいこともあるかもしれないわねえ』って」

「そのご念のいった長いお話が」とシャーリイがいった、「この殺人事件とどう関係がありますの？」

「わたしはわかったような気がしますよ」とミルナー警部がおずおずといった。「肉屋のフェインバーグはじっさいに——」

ママは大きくうなずいた。

「頭のいいおまわりさんね」とママはいった。「とても信じられない。とうとう頭のいいおまわりさんにめぐりあえたなんて。ね、こんなにはっきりしていることってないでしょ？　たとえば、マーガレット伯母さんがルイーズビルのキースから受けとった電報ですよ。受取人払いの電報だと、あんた、いわなかった？　財産目当てでオールドミスと結婚しようという男がここにいる。自分が大金持の煙草栽培者だと相手に信じこませるのもその男の計画の一部。としたら相手の女を確実にものにする前に、こんな真似ができるかしら？　いいえ、できない。じゃあ、受取人払いの電報をうつほどのばかということかしら？」

「もちろんやつはそんなばかじゃない！」とミルナー警部は叫んだ。「どうしてわたしはそんなことにすぐ気がつかなかったんだろう」

「それを認めただけでも、あなたはご立派」とママはいった。「でも証拠はこれだけじゃないの。たとえば、あの写真。マーガレット伯母さんの枕の下にあったといったわね。キースが手紙といっしょに送った写真だっていうんでしょ。でもここに重大な事実がある—

―その写真は二十五年前に、一九二九年に彼が刑務所に入る前にとったものだということよ。同じように黒い髪で、黒い口ひげもそのままだって――あんた、いったでしょ？　そしていまじゃ髪も白くなって、口ひげはしらがまじりだって。いいかい、これからお金持のオールドミスのところへ出かけていって結婚するつもりでいる詐欺師がよ、二十五年前の写真を送るかしらねえ？　ご対面をして、相手が彼の現在の姿を見たら、どうなると思う？　それこそ幻滅よ。たぶん結婚話もそれでおしまい。悪いけど彼はそんなヘマはしない。だから答えはこうなの、彼はそんな写真を送らなかった」

「わかったよ、ママ」とわたしはいった、「どうやらこれはサム・キッドのしわざではないことを証拠だてる――」

「証拠はまだあるわ」とママはわたしを無視してつづけた。「サム・キッドはあの電報をルイーズビルからうってはいないことを証明したわ。それから彼はマーガレット伯母さんにあの写真を送ってもいないことも証明したわね。では、彼があの手紙も書いていないことを証明しましょう」

「そう、もちろん、彼じゃない」とミルナー警部がひどく興奮して口をはさんだ。「ずうっと気にかかっていたんですが、ずばりそうだとはいえなかったんです。エンパイア・ステート・ビルは――」

「ああ！」といってママは指を一本立ててみせた。「だれかがエンパイア・ステート・ビルに気がつくのを待っていたのよ」

わたしはいよいよわけがわからなくなった。「なんのことだい、ママ？」

「あんたが読んでくれた手紙に」とママはいった。「キースからきたという手紙に、エンパイア・ステート・ビルのてっぺんにのぼって家の屋根を見おろしたと書いてあると、あんた、いったわね？」

「ふつうのことだろ、ママ。だれでもよくやることだ」

「そのとおり。だれでもよくやること——近ごろはね。ニューヨークに住んでいる人間、ずうっとニューヨークに住んでいた人間、そういう人間ならふつうのことだと思うわね。あたしたちニューヨーク市民にとっては当然そこにあるものなのよ、エンパイア・ステート・ビルは。もしあたしたちが、南部人のニューヨーク旅行の思い出話をでっちあげるとしたら、当然エンパイア・ステート・ビルを入れるわね。エンパイア・ステート・ビルがこの世のはじめから建っているんじゃないっていうことを、ついうっかり忘れてね」

「一九三一年」とミルナー警部が口をはさんだ。「エンパイア・ステート・ビルが完成したのは一九三一年です。ところがキースの手紙によると、最後にニューヨークへ来たのは一九二九年だといっている」

「簡単にいえば、そういうこと」とママはいった。「そのサミー・キッドという男は、一九二九年にはじっさいニューヨークにいたのよ。その後は刑務所ぐらしで、出所後はジョージアのアトランタへ行った。だとしたらなぜ、最後にニューヨークへ行ったときにエンパイア・ステート・ビルにのぼったなんて嘘をつかなければならないの？　そのときのことをありのまま正直に書けばいいはずよ。だけどこの手紙は、きょうまでずうっとニューヨークに住んでいて、エンパイア・ステート・ビルがいつ建ったかなんて忘れてしまった人間が書いたのよ」

「でも、ママ」とわたしはこれ以上がまんしきれずに叫んだ。「サム・キッドがこの手紙を書いたんじゃないことは証明された――とすれば彼はあの老婦人殺しの犯人じゃないってことになる。それならだれがあの手紙を書いたのか？　だれが彼女を殺したのか？」

「肉屋のフェインバーグさ！」とミルナー警部がとくとくとしていった。

わたしは、なかば唖然として、なかばうれしくなって警部の顔を見つめた。いやはや、彼はすでにママのように考え、ママみたいな話し方をしている！

「肉屋のフェインバーグ、そのとおり」とママは大きくうなずいた。「これまでずうっとこのニューヨークに住んでいたのはだれ？　二十五年前の結婚詐欺師の写真を簡単に手に入れられるのはだれ？――自分の母親が二十五年前にそういう詐欺師と手紙のやりとりをしていたのは？　その古い写真を天井裏か地下室からかさがしだしてきて、警察の目をくらますために老婦人の枕の下に押しこんでおいた人物は――」

「わかった、わかったよ」とわたしはいった。

「――それからあれはだれだった」とママはつづける、「あの電報がマーガレット伯母さんにうたれたとき、ルイーズビルにいたと、本人の口からはっきりきいているけどね？　それからこれが最大のきめ手になるんだけど、受取人払いの電報をうちそうな人間はだれ？　名うてのけちんぼうはだれ？　他人には細かくて、みみっちいのはだれ――あんたの口からそう聞いたけどね、デイビイ？　ひどくけちんぼで、いつもいつもマーガレット伯母さんから金をしぼりとるくせがあるから、ついつい受取人払いの電報をうってしまったのは、だれなのよ？」

「甥のやつだよ、ママ」とわたしはさけんだ。「あいつがそのトマス・キースという架空の人物をでっちあげたんだ。やつがマーガレット伯母さんの出した広告に返事を書いた。やつがあの手紙をぜんぶ書いたんだ。ルイビルへも行った――彼がいったようにキースと話しあうためじゃなくて、ただ電報を打つためにね。それからその晩マーガレット伯母さんを殺して、写真を枕の下に押しこんで、翌朝死体を〝発見〟した。なかなか見事な筋書だ――罪をひとになすりつけるばかりじゃなく、身代りまでちゃんと考えておいたんだ」

ところがミルナー警部が眉をひそめて、かぶりを振った。

「しかしそれで一件落着というわけにはいかんな。こいつは甥ひとりのことじゃない。手紙の筆跡の問題が残っているよ」

ママはすっかりよろこんで大声で笑った。「お見事。筆跡よ、とうぜん。小さくて蜘蛛の巣みたいに細かったって、あんたいったでしょ、デイビイ——老人の字みたいだって。でも蜘蛛の巣みたいに細い字は女の筆跡にもあるわ。それに字ときたら巻きひげがついてるような凝ったものだった。いかにも女のやりそうなことよ。それからそこらじゅうにアンダーラインが引いてあるのも——典型的な女のくせだわね。たしか歴史小説で読んだ気がするけど、イギリスのなんとかいう女王——ビクトリアス女王だったかしら？——あのひとも手紙の文字にアンダーラインを引くくせがあったってね」

「甥の細君にきまってるね」とわたしはいった。「こんなことがどうしてわからなかったんだろう。あれは気の強い女だ——旦那のほうはまったく臆病者なんだ。彼女があの手紙を書いたんだね。彼女があの筋書を考えだした。おそらく彼女だろうね、じっさいに手をくだしたのも——」この考えにぞっとしてわたしは口をつぐんだ。

「またまた、肉屋のフェインバーグよ」とママは満足そうにいった。「何年も何年もあの甥夫婦は伯母さんを食いものにしてきた。何年ものあいだ、伯母さんを独りじめにしていたから、伯母さんは、ほかに金をやるような知り合いもつくれなかった。ところがそこに降ってわいたようにほかの人間が割りこんできて、伯母さんはそのどこかの人間と結婚もしかねない雲行きになって、甥夫婦にとっては伯母さんのお金が危いということになった。そうしてとつぜん伯母さんが殺される——そしてこれまたとつぜんに、伯母さんの財産は唯一の血縁の甥夫婦のふところに転がりこんでくる！　いいかい、デイビイ、これはたしかに猫の肉がまじっているひき肉なのよ。あいにくこの猫は、ニューヨーク市警の殺人課の手にあまるくらい大きかった」

ミルナー警部は腰を浮かせた。「殺人課に電話したほうがよさそうだな。あの夫婦を野放しにしておくわけには――」

「ちょっと待って！」

こんどはシャーリイが口をはさんだ。その鋭い声にミルナー警部は浮かせた腰をふたたびおろし、わたしたちはいっせいに彼女を見た。

「ひとつだけはっきりしないことがあるわ」とシャーリイがいった。「マーガレット伯母さんがトマス・キースから受けとった手紙にはルイビルの消印があったはずですよ。ニューヨーク市の消印じゃ伯母さんが怪しむでしょうから。とすると甥のウィンターズ夫婦はどうやってルイビルからあの手紙を送ったんでしょう？」

「うん、それについてはどう、ママ？」とわたしはいった。そしてわたしたちはいっせいにママのほうをむき、答えを待った。

奇妙なことがおこった。横柄な二こと、三ことでその質問を片づけるはずなのに、ママはふいにもじもじしだしたのである。頬にぽっと紅がさした。ママは目を伏せ、こうつぶやいた。「デザートの時間よ。みなさん、お皿をまわしてくださいな」

「あら、だめですわ、おかあさん」とシャーリイは勝ちほこったように目を輝かせた。

「あたしの質問に答えて」

ママはちょっとためらっていたが、目をあげてわたしたちを見た。その顔に浮かんでいる表情を見てわたしはぎょっとした。とても悲しそうな――なんともいえず悲しそうな、辛そうな表情だったからだ。「ママ、どうした？」とわたしはいった。「気分でも悪いの？」

ママはかぶりを振って、ためいきをついた。「こんなこと、いいたくないんだよ」とママはいった。「秘密は秘密にしておくべきなのよ。どうしても話せというんなら、約束してちょうだい。ここにいるみんなが約束して――この話はぜったいに口外しないって」

わたしたちは当惑したものの、ひとりひとり約束をした。

ママはもうひとつためいきをついてから話しだした。「あたしのいとこのハンナ、その甥っ子のジョエルの場合とそっくりなの」とママはいった。「かわいそうな子でね。生まれつき内気な子だったの。ママとパパというのがたいへんな派手好きで、パーティばっかり出歩いていて、ジョエルのことはちっともかまってやらなかったの。あの子の大きな分厚い眼鏡も邪魔になっていたのね。友だちがひとりもいなかった、これがこの話のポイントよ。あの子にはそれがひどくはずかしかったのね。自分で友だちもつくれないようなうすばか《シュレミール》だってみんなに笑われているような気がしたのね。そこであの子はどうしたと思う？　とっても人間らしいと思わない？　友だちをこしらえたのよ。名前や顔かたちや家族までこしらえたの。その友だちと遊んだ話をしてきかせたわ。そりゃ念のいった、ほんとらしい話。むろんひとにきかせるためだったけど——ちょっぴりは自分にきかせるためでもあったのよ」ママはちょっと間をおいてから、こう話を結んだ。「年老いた婦人と幼い子供——どちらもそうたいしたちがいはないわねえ」

わたしたちはママをまじまじと見つめた。「ママ」とわたしはいった。「それじゃ？」

「あんた、それくらい気づくべきだったわねえ」とママはいった。「あの手紙の筆跡。あれはどうみても女の筆跡よ。でも、やたらに巻きひげをくっつける書き方——あれはいまどきの若いひとの書き方じゃない、昔風の女の書き方よ。あたしの娘のころには、よくそんなふうに書いたわねえ。それからアンダーライン、ほうぼうにアンダーラインが引っぱってあったんでしょ。これはね、ウィンターズの家内みたいな冷血な、感情もない女がやるようなことじゃないの。これはね、孤独で、感じやすい、多情で多感な女のひとのすることね」

「彼女は自分にあてて手紙を書いたのか」ミルナー警部の声は震えをおびていた。「彼女は孤独だった、そして甥夫婦が、その孤独感をいつも思いしらせてくれた。そこで彼女は自分でもちゃんとした友人が作れるんだと、甥夫婦に見せつけてやろうと決心した」

「だから一度も封筒を見せなかったんだね」とわたしはいった。「あの手紙にはもともと封筒なんかなかったんだ」

「そのとおり」とママはいった。「甥夫婦が〝偶然〟床におちている手紙を見つけたのもそのためよ。マーガレット伯母さんみたいに几帳面できれい好きなひとが、客がくるというのに大事な手紙を床にほうりだしておいたりするものですか。伯母さんはその手紙を見つけてもらいたかった、そして友人のキースのことを知ってもらいたかったの——これが伯母さんの最大の狙いだったわけよ。ジョエル坊やとおなじようにね」

「するとママ」とわたしは考えこみながらいった、「伯母さんは甥夫婦をすっかり騙していたんじゃないか？　連中は、伯母さんが自分あてに手紙を書いていたなんて夢にも思わなかったんでしょう？　ほんとうにルイビルに男がいるものと思いこんでいたんだね？　だったら、あの写真を枕の下につっこんでおいて、罪をその男に着せるっていうのは危い橋をわたることになるんじゃないですか？　あの男が警察に名乗りでて、写真の男は自分じゃないと証言しないとどうして確信できるんだ？」

「そりゃぜったいの確信はなかったでしょう」とママはいった。「でもある程度の確信はあった。ルイーズビルのその男が、殺人のニュースをきいたとしたら、できるだけ警察には近づかないだろうと思うんじゃないの。ことに警察の手に入ったのが他人の写真だとしたらね——わざわざ危険をおかす必要はないんじゃないかしら。じゃ、まあたとえ彼が危険をおかしたとして、たとえ警察へ行ったとしてですよ、そこで「あのひとに手紙を出したのはわたしですが、机の下から見つかった写真はわたしじゃありません」といったとしてもよ——やっぱり彼は怪しいと思われるわね。老婦人のお金を狙っていた詐欺師がね、たとえ本人とじかに会うつもりはなかったにしろ、他人の写真を送ったと考えられないことはありませんからね。いずれにしても——あたしの話、おわかり？——ルイーズビルの男には不利で、甥夫婦はちっとも不利にはならないでしょ？」

わたしたちはそれについてちょっと考えていた——と、ふいにミルナー警部の顔に恐怖が浮かんだ。「あの電報！」と警部は叫んだ。「われわれは——いや、あなたは——すでにあの電報が甥によって打たれたものだと証明した。あの気の毒な婦人が——あの電報を受けとったとき、どんな気持がしたかわかりますか？　この世に実在しないことがわかっている男から電報がきた！　おびえて、とりみだしたのも無理ありませんなあ」

そのあとはわたしが引きとった。「彼女はなにがどうなっているのかわからなかった。白昼夢がとつじょとして現実になったようなものだから。でも甥夫婦に真実を打ち明けるのははずかしかった」

「打ち明けてさえいたら、そうしていたら」とミルナー警部は頭を前後に振った。「あの夫婦も殺しはしなかっただろうに。殺す理由はなかったんだから」

「打ち明けてさえいたら」とママはいった。その声はとてもやさしかった——こんなにやさしい声をきくのは、子供のころ肺炎で生死の境をさまよったときママが徹夜で看病してくれた、あのとき以来である。「ほんのちょっぴりでも、ほんとうの愛情が得られたでしょうに」とママはいった。「この世でそれだけが望みだったのよ。それさえも生命《いのち》とひきかえじゃなければ手にはいらなかった」ママの目はわたしに注がれた。なごやかな微笑が浮かんでいた。「世間にゃ運のないひともいるのねえ」とママはいった。

長いあいだ、みんな黙りこんでいた。

わたしたちはまるでマーガレット伯母さんがこの席にいて、顔をあからめていた。ママご自慢のネッセリローデパイが人待ち顔で待っているような、バツの悪い、落ちつかない気分をおぼえた。

まもなくその気分は破られた。ママが顎をあげ笑いながらいった。「いいこと、最後の五分間はなかったことにするのよ。さ、デザートにしましょう。おそれいりますが、お皿をまわしていただけません」わたしたちはお皿を渡し、ミルナー警部は殺人課に電話をし、そしてシャーリイは春の新しい帽子のファッションの話をはじめた。それからママがおとなりのコーンゴールド夫人をさかなに冗談をとばした。夕食はおしゃべりと笑いのうちに終った。

その晩、別れの挨拶をするとき、ママとミルナー警部の握手は不自然なほど長かった——シャーリイとわたしはタイムをはかった。それからママがいった。「またお越しを——お近いうちに」

これが単なる儀礼でないことはわかっている。ママはただのお義理でものをいうような人間ではないからだ。エレベーターでおりるあいだ、ミルナー警部は首をふりふり、いいつづけた。「すばらしいご婦人だ」と。

翌朝ママに電話して、それとなくさぐりを入れてみた。

「いいひとだろう？」とわたしはいった。「ミルナー警部のことだけど」

「ハービイのこと？」とママはいった。「すてきな方ね。でももうちょっと肥る必要があるわねえ。少しおいしいお料理を食べるといいわ」

そのあとシャーリィとわたしはお祝いを述べあい――次の策を練った。はじめにもいったように、じつにうるわしい春だった。

ママが泣いた

Mom Sheds a Tear

「小さな足がパタパタ走りまわる音は」とママは、感傷的にためいきをつきながら、非難がましくわたしに指をつきつけた、「人生の大きな愉しみのひとつなのに。あんたもシャーリイもどうかしているわねえ、こんな愉しみに関心がないなんて」

わたしはおずおずと微笑した。ママが手厳しい調子でこの問題をもちだすとき、わたしはいつもそうするのだ。「シャーリイもぼくも、そりゃ子供が欲しいよ」とわたしはいった。「昇給さえしたら、郊外の家を買う頭金も払えるから――」

「頭金だって！　昇給だって！」ママは怒ったように頭を振りたてた。「いまどきの若いもんときたら、感情があるべきところに、小切手帳があるんじゃないかって、思うときがあるわねえ。いいかい、デイビイ、もしあんたのパパやあたしが、あんた方の年ごろに、頭金のことなんか考えていたら、あんたはここにこうやって肉の蒸し焼きなんぞ食べてはいませんよ」

金曜日の夜だった。翌日は殺人課は非番なので、週一回の夕食をブロンクスのママのところに食べにきた。しかし今夜は妻のシャーリイは来ていない。一週間の予定でシカゴの両親の家に行っている。そして例によってシャーリイがいないとママはここぞとばかりわたしたちの結婚生活に――まったく迷惑しごくなのだが――しつこく干渉してくるのである。

「それにだよ、ママ」とわたしは話をはぐらかしてしまうことにした。「子は、宝というより厄介なものだって、ママはよくいうじゃないか。ママのお気に入りの文句があるだろう――〝赤児のときは親の家具を傷つけ、大人になると親の心を傷つける〟」

「それは否定しないわよ」とママはぴしりといいかえす。「そういう傷心の思いがなかったら、人生って味気ないんじゃない？」

「ママもそんなふうに感じるのかねえ」とわたしはいった、「ママがもしアグネス・フィッシャーだったら」

「アグネス・フィッシャー？　そんなひと知らないわよ。三階にいるサディ・フィッシュバームなら――」

「アグネス・フィッシャーは、きのう、ぼくが捜査をはじめた事件の関係者なんだ。未亡人でね、ケネスっていう名の五つの坊やがいる」

「そのケニイ坊やがどうしたっていうの？」

「たしかな証拠はなにもないんだけどね。周囲の情況はすべて、五歳のケネス・フィッシャーが殺人犯であることを示している」

ママはフォークをおろして、わたしをにらみつけた。あんまり長いことにらみつけているので、わたしは悪いことでもしたように目をそらさなければならなかった、なにもやましいことなんかないのだが。とうとうママは皮肉まじりの長いためいきをついた。「やっぱりこんなことが起ったんだねえ。何年も前からいってなかったかしら？　麻薬中毒やホモや酔っぱらいの運転手なんかとしじゅうつきあっていたんじゃあ、あんたの頭もおかしくなるよって。サイモン伯父さんとワイシャツ店をやったらという話があったときに、母親のいうことをなぜ聞かなかったのよ？」

「まあおちついて、ママ、おかしくなったのはぼくじゃない。おかしいのはフィッシャー事件なんだ。いま話すから、ママが自分で判断してくれよ」

まだ納得はしていないが、ママはフォークをふたたび口にもっていき、お上品にひとくち召しあがってから、わたしの話に耳をかたむけた。

「アグネス・フィッシャーは三十そこそこで」とわたしは話しはじめた、「息をのむような美人で、ちょっとぼんやりしているような――そこがまた魅力的なんだけど。夫は一年前に死んだ――空軍のパイロットで朝鮮戦争に行ったんだ――彼女は夫の遺した家に、五つになるケネス坊やと暮していた。ワシントン・スクエアの四階建の家で、あの界隈に残っている古い赤煉瓦造りの建物だ。十九世紀以来、フィッシャー家のものなんだよ」

「そのフィッシャーさんて、お金持だったの？」とママがいった。

「フィッシャー家はニューヨークの裕福な旧家さ。昔ほどじゃないが、いまでもかなりの資産家だね。まあ、それはともかく、アグネス・フィッシャーは、ワシントン・スクエアで平和に暮していた。未亡人暮しに甘んじていたわけだ。だけど坊やのほうはそれほど平穏無事ではなかった。父親の死は彼にひどいショックをあたえていた。友だちや近所の人ともうまくいっていたし、父親の死にあってますます自分の殻にとじこもるようになった。もともと内気で夢見がちな子供だったから、自分の空想の世界のほうが好きだった。ところが数カ月前に、少年と母親の生活によその人間が割りこんできた。

その新来者はネルソン・フィッシャー、坊やの父親の弟でケネスには叔父さんだ。ネルソンは三十歳ぐらい。死んだ兄と同じ空軍のパイロットでね。除隊したばかりだった、望んで除隊したのではなくて――空を飛ぶことが彼の生きがいだった――太平洋でマラリアにかかったためなんだ。親身に世話をしてくれるひとが必要だった。義姉のアグネスはたったひとりの頼りになる身寄りでね。彼女は思いやりのあるひとだったし、よろこんで彼を受けいれた。古い邸の三階をそっくり提供したので、彼は義姉と幼い甥といっしょに暮すことになった」

「で、ケニィ坊やがやきもちを焼いたのね？」とママがいった。

「はじめのうちはそうだった。部屋の隅っこでふくれてみせたり、泣いたりわめいたり、叔父さんをすごい目でにらみつけたりしたんだ。ネルソン・フィッシャーはまだ病人で——マラリアの後遺症が残っていたから、薬も飲むし、めまいやら、寒気やら、医者は毎週往診に来るし、アグネスはその世話で大わらわだった。それがケネスの癇《かん》にさわったらしい。ある日ひどい癇癪をおこした。地団太をふんで、きいきいわめいた、『あいつはぼくのお父さまじゃない！　あんなやつ、お父さまになんかなってもらいたくない！』どうやら鎮まったけれども、この出来事は母親を動てんさせた。召使いたちはあれこれと噂しあった」

「でもそれははじめのうちだけだったのね？」とママはいった。「そのうちに、ケニィ坊やの風向きも変ったんじゃないの？」

「彼の反抗はひと月ぐらいでやんだんだ。それから突如として態度が豹変した。あるときはネルソンを見るのもいやなのに、つぎはネルソンの姿が見えないと大さわぎをする。とつぜん、ネルソンを英雄としてあがめるようになる。気の毒な叔父さんにつきまとう。叔父さんの行くところならどこへでもくっついていく。いろいろな質問をあびせかけ、どんな答えがかえってこようとも、断固としてそれを信じる。ネルソン叔父さんのいうこと、なすこと、すべて賞讃のまなざしで受け入れるという工合だ」

「小さな子供なら、あたりまえのことよ」とママはいった。「理由もないのに、気が変ることはよくあるのよ。ああ、そうそう、あたしの知っている大人のなかにもそういうのが――」

「ああ、わかった、あたりまえなんだ」とわたしはいった。「ともかく、そういうふうに見えたんだよ。それはあとに起ったことのせいで――いや、話を先にとばしてはいけないね。二、三カ月のあいだ、フィッシャー家のなかは平穏だった。ネルソンは甥の相手をするのが楽しかったらしい。結婚したこともなかったし、子供もいなかったし、ケネスを弟のように扱っていた。とても理想的な関係だ。ところが、一週間ほど前、夏のはじめにケネスは奇妙なことをやりだした。一週間前まではとても正直な子だったのに。それが一週間前から、物を盗むようになった」

「物を盗む？」とママは首をつきだしていった。「なにを盗んだというの？」

「いつも同じようなものなんだよ、ママ。死んだ父親の持ちもの。たとえば、アグネスが最初になくなっているのに気がついたのは、夫の勲章の銀星章だ。彼女はそれを、カフス・ボタンや結婚指環なんかといっしょに、洋服ダンスの宝石箱のなかにしまっておいたそうだが、そいつがなくなっていた。料理女やメイドを呼んで遠まわしに訊いてみたが、ふたりともひどく憤慨して、自分たちは泥棒ではないと断言した。そこで彼女は水道の修理にきた男が犯人じゃないかと疑った。ところがあくる朝、メイドがやってきて、意気揚々と勲章をさしあげた。メイドの話だと、いましがたケネスのベッドをととのえているあいだに見つけたという。勲章はケネスの枕の下にあったそうなんだ。アグネスはとほうにくれた。ケネスに問いただしたが、なんとしても答えようとしない。ただ目をそらせて、口のなかでもごもごいって、駈けだしていってしまった。アグネスは気丈で横暴な母親ではなかったから、子供をたたいて真実を引きだすようなことはできなかった。

ところがケネスはまた盗みをやった。アグネスは種々雑多な品物を入れた箱を廊下の戸棚にしまってあった――夫の古い服や本や書類なんかをね。ある日その戸棚の前を通りかかると、なかでがたがた音がしている。戸を開けるとケネスがいた。箱のひとつをおろしてこじあけて、なかにあるものを出そうとしていたんだ。

信じられないだろうけどね、ママ、ケネスは、五十年前にみんなが着ていたようなあの長いゆったりとしたマントを盗もうとしていたんだよ。それはケネスの父親のものだった。プリンストン大学の学生だったころ、演劇部で上演した陽気な九〇年代のレビューに出演したんだね。長マントはそのときの衣裳の一部だったのさ」

「ケニイ坊やは、パパがその長マントを着たことがあるって知っていたの、ほんとに知っていたの？」

「知らないはずはないんだよ、ママ。居間に父親の写真が飾ってあるんだから――芝居のあとに撮ったもので、長マントを肩にかけているところが写っているんだ。それでアグネスは、ケネスにマントをもとの箱にしまわせた。ところがあくる日、同じ戸棚をのぞいてみると、同じ箱がまた開けられて、マントはなくなっていた。彼女はすぐにケネスの部屋へあがっていった。ケネスはいなかったけれども、長マントはちゃんと洋服ダンスにぶらさがっていた。そこでアグネスはマントをとって、箱のなかへ戻しておいた。するとあくる日——」

「もう、けっこう」とママはいった。

「そのとおり」とわたしはいった。「長マントはなくなっていた。アグネスはとほうにくれた。一日じゅう長マントを追いかけまわしているわけにもいかない。そこで彼女はこう考えた、ケネスはきっと無邪気な遊びにでも使いたいのだろうと、それで万事を片づけてしまった。

ところがケネスの盗みはやまなかった。それから二日後！——三日ほど前のことだ——彼はまたやった。メイドが料理女を連れてアグネスのもとにあわただしくやってきた。昨夜、四階で奇妙な物音がした。ねずみか風かなにかだろうと思って眠ってしまった。ところがけさメイドが掃除にあがっていくと、ねずみや風のしわざとは思えない、ひどい有様になっていたというんだ。四階には小さなクロゼットがあって、そこには亡くなったご主人の制服や制帽や階級章、背広やオーバーや靴といったたぐいが防虫剤を入れてしまってあった。メイドがいうには、まるで台風が吹きあれたみたいだったそうだ。服や防虫剤がそこらじゅうに散らばっていた。そして制服から最後になった小さな階級章にいたるまで、ぜんぶなくなっていた。料理女はすぐに暇をもらいたいと申し出た。ケネスのような乱暴な泥棒のいる家はごめんだという。アグネスがいくら頼んでも、がんとして決心をひるがえさなかった。

　アグネスには、これがいったいどういうことなのかさっぱりわからなかった。こうなるとケネスのことがひどく心配になってきて、医者か児童心理学者のところへ連れていって原因を調べてもらおうと思った。しかし彼女は決断力のある人間じゃなかった。医者に電話するのもぐずぐずのばしていた、そしてきのうの朝になって、ついに手遅れになってしまった。きのうの朝、殺人が起きたんだ」

　ママの目がきらりと光るのが見えた。わたしの性格の意地悪な部分が、わたしの口をつぐませ、ためいきをつかせ、食物をくちゃくちゃ嚙ませ、そうやってサスペンスに満ちた雰囲気を盛りあげさせた。

　とうとう、わたしの思うつぼにはまって、ママが口を切った。「わかった、わかった、そんな大さわぎ《ガシュラティ》はせずに、要点を話しなさい」

「きのうの朝」とわたしは話をつづけた、「ケネスは起きたときからおかしかった。いつものように母親とネルソン叔父さんといっしょに朝食の席についた。ケネスだけが、ふだんはよく食べるのに、この日は一口も食べようとしなかった——コップ一杯の水も。そのあと、彼は遊びに出かけた。お気に入りの遊び場所があってね、屋上にしつらえた小さなテントなんだ。ここがケネスの〈クラブハウス〉でね——だけどネルソンがやってくるまでは、クラブのメンバーはほかにひとりもいなかった。食事のあと、彼はネルソン叔父さんといっしょに屋上へあがった。ただケネスのほうはふだんの元気も活発さもなかった。屋上への階段をのろのろとのぼりながら、肩ごしにふりむいた、その顔には思いつめた表情が浮かんでいた。母親はのぼっていくわが子を見て不審に思ったが、ちょうど電話中だったので、それきり忘れてしまった。

二時間後、彼女は叫び声を聞いた。苦悶に満ちた長い絶叫だった。家じゅうの者がそれを聞いた。それがどこから聞こえてきたのかわからぬまま、みんな、とっさに屋上へむかった。屋上にたどりついてみると、ケネスが手すりのそばに立っていた——彼のあごの高さまである幅の狭い石の手すりだ——そして四階下の裏庭を見おろしていた。彼はネルソン叔父さんを見おろしていた。ネルソンは明らかに屋上から転落したもので、体は下のコンクリートの上に横たわっている。みんなはむろん階段を走りおり、現場に駈けつけると、彼はまだ生きていた。わずか数秒のあいだだったが。その数秒のあいだに、苦しい息の下から、彼は同じ言葉をくりかえしつづけた。「ケニイ、どうして？ どうしてだ、ケニイ、どうして？」そして彼は死んだ。もうひとついっておくことがあるんだよ、ママ。殺人課が到着し、屋上を捜査した。その結果、ケニイの〈クラブハウス〉のテントのなかに、われわれは発見した——なんだかわかるだろう、ママ——ケネスが家のなかから盗みだしたものがみんな見つかったんだ。父親の制服、父親のマント、父親の階級章、父親の銀星勲章まであった。そいつはあの子が母親のタンスの抽出しからまたまた盗みだしたものなんだ！」

わたしは意気揚々と話しおえた。率直にいって、われながら感心していた。とてもドラマチックな演出だったと思った。さあ、ママに、この事実の意味するものを判じてもらおうじゃありませんか！

「それで坊やは？」とママは小声でいった。

「ショックを受けたらしくてね」とわたしはいった。「母親にしがみついて、その日一日、泣きじゃくっていた。だけど屋上でなにがあったかはいおうとしなかった。だれがなにをたずねても、目をすえているばかりなんだ。医者のいうには、ショックから恢復するには一週間ほどかかるそうだ。でもその後は事件の記憶は消えるだろうということでね」

「で、あんたの意見は、デイビイ？」とママはいった。「あんたと警察の意見によれば、屋上でなにがあったというの？」

「ぼくたちの意見じゃないんだよ、ママ。事実の示すところによればなんだ。いろいろな可能性があるんだけれど——すべてを検討した結果——そのうちのひとつだけが、すべての事実に符合するんだよ」

「じゃ、あんた方の可能性とやらを聞かせてもらおうじゃないの」

「ひとつはネルソンが自殺をはかったということ。だがこれは筋が通らない。彼は病気で空軍を除隊したことをひどく悔んでいた。しかしアグネスによれば、病気もほとんどよくなっていたし、一般人の生活にも満足するようになっていた。病気を悲観しての自殺なら、なぜいままで待っていたのか――そしてさらに理解できないのは、五つの甥の目の前でなぜ自殺したのかということだ。ひとはふつう自殺を目撃してもらいたくないものだ」

「まったく、同感よ。お次の可能性は？」

「ネルソンの死は事故だったという説。彼は走っていて、よそ見をしていたかどうかして、手すりをうっかり飛びこえてしまった。だがこれはちょっと考えられない。手すりはネルソンの腰の上はゆうにあるからね。どんなはずみがあったとしても、あんな高い手すりをうっかり飛びこえるとは考えられない」

「ご立派。ほめてあげる」

「それから最後の可能性は――とにかくあらゆる可能性を考慮しなければならない――ネルソンは、甥のケネスを手すりから突きおとそうとした、ところがケネスがあばれて、ネルソンのほうを突きとばしてしまった。だがこれも事実と符合しない。アグネスが屋上に駈けつけたときケネスはまったく無傷で――争ったような形跡はなかったし、肉体的な疲労の痕跡もなかった。となると残る可能性はただひとつ」

「というと？」

「もういっただろう、ママ。こんなことは信じたくないんだが。信じまいとしてみたけどね。でも事実は動かせない。あの五つの坊やは精神的にバランスを失っていたにちがいない。前からそうだったんだろう。うちの神経科医の話だと、子供の精神病や分裂した人格、憂うつ症なんかの例は何ダースと見てきたそうなんだ。この事件にもそれがあてはまるにちがいない。父親の死、孤独な生活、母への依存、そうした日常生活を破壊した叔父のとつぜんの出現――こうしたすべてが、彼の心の平和をかきみだしてしまったんだろう。彼の心を押しつぶし、最後になにかがぷっつりと切れたんだ。

殺人の前のおかしな振舞いが、彼の心のなかでなにが起っていたかを説明している。ある妙な展開で――妙でもなんでもないんだが――叔父さんが、死んだ父親のライバルとしてとつぜんあらわれた。叔父さんは父親の座をとろうとしていた。そこで、彼、ケネス坊やは、父親のためにそれを防がねばならなかった。侵入者の叔父を片づけねばならない、自分の不幸のみなもとをとりのぞかねばならない、自分と父親は、母親をとりもどさなければならない。

むろん彼は大人のようにはやらなかった。本能のおもむくままにやった――子供が盗んだり、嘘をついたり、子守をけとばしたりするように。だが彼は叔父さんに対する態度を変えた。叔父さんを英雄のように崇拝するふりをした。叔父さんを愛しているようなふりをした。そして叔父さんの信頼を完全にかちとると、決断のときの準備をした。これはもっとも興味深い心理学的現象へとわれわれを導いてくれる。ケネス坊やは父になりかわって行動しようとしていた、だから子供っぽい理屈で、父親のものを盗みだした。父親の制服、父親のマント、父親の勲章――それを盗みだして、枕の下に入れたり、戸棚に隠したりした、父親の勇気、父親の力が授かるように。きのうの朝になるまでに、あのかわいそうな坊やは、自分を本物の父親にしてしまった。意識下では、彼はまったく父親になりきっていた。

だからきのうの朝、屋上にあがっていったときの彼は思いつめた顔つきをしていたんだ。これからどうするか決心がついていた。屋上にあがると、しばらくのあいだは叔父さんと無邪気にあそんだ――子供の狡猾さには驚嘆させられるねえ、ママ！　とうとう、なにかの口実をもうけて叔父さんを手すりからのりださせた。前にいったように、ネルソンは大人だけれども、病気で弱っていて体重も減っていた。ケネスはただうしろから走りよって、ネルソンの体にしがみつき、押しあげ、突きおとした――全力をふりしぼって押した。ネルソンの体は宙にうき、彼は悲鳴をあげ、そしてケネスは放心状態におちいった。

これが事件のあらましだよ、ママ。これでよくわかるでしょう――これがネルソンの最後の言葉を説明する唯一の推論だってことが。「どうして、ケニイ、どうして？」彼は呆然とし――死の苦しみのなかにあっても、なにが甥をこのような行動に駆りたてたか理解できなかったんだ」

「それがあんたの結論なの？」

わたしは重々しくうなずいた。「遺憾ながらそうなんだよ、ママ」

ママは黙りこんだ。なにかに心を奪われたように考えこんでいる、わたしたちの会話や食堂から遠くはなれたところで。ママとしては異例の振舞いである。金曜日の晩、わたしが最新の事件について話すとき、ママはいつも辛辣で冷笑的な態度をくずさない。話がおわるとたちまち、謎めいた質問、不可解な仄めかし、わたしの石頭に対するあてこすりなどをポンポンと浴びせかける。そして最後には、いとも愉快そうに、ずるい肉屋や、でしゃばりの隣人や、自分勝手な親類相手の日ごろの経験にもとづいた、完璧で論理的で不可避的な解答を示してみせるのである。だからママがこんなふうにふいに眉をよせてだまりこんだりすると、わたしは不安になるのだ。

だがママの異常なムードはすぐに消えた。頭がぐいとあがり、勝利の輝きがその目にきらめき、その声はいつものように潑剌としていた。「彼は遺憾ながらそうだとおっしゃる。遺憾で当然だわよ。遺憾に思わなくちゃならないことがあるんだもの。ニューヨーク警察の面々が――もうじき年金がもらえそうな大人どもが、事件をもてあましたあげくの果てが、五つの子供に罪をなすりつけるとはね！」

わたしはひどくプライドを傷つけられた。「事実をあらいざらい話したはずだけどね、ママ。罪をなすりつけたがる人間がどこにいる?」

「それはのちほど」とママはいった、「あたしの簡単な三つの質問に答えてくださったら、お話ししましょう」

わたしはためいきをついた。ママの〝簡単な質問〟なるものはわかっている。たいてい、非常に〝簡単〟なので、前より十倍も、こちらの頭がこんぐらかってくるしろものだ。

「まあ、うけたまわりましょう、ママ」とわたしはいった。

「第一問」とママは人さし指をつきだした。「そのケニィという坊やは——子供同士の遊びなんかによく加わるほうなの? スポーツマンタイプなの?」

「ああ、ママがなんでそんなことを訊くのかわかってますよ」とわたしはいった。「ネルソン叔父さんを屋上から突きおとせるくらいの力があるか、敏捷さがあるかっていうんだろう。うん、その答えは、たいした裏付けにはならないね。坊やはあんまり運動競技なんかには加わらなかった、友だちがあまりいなかったからね。近所の子供たちは、たまたまみんな彼より年上だったんだ。あの子は小さすぎて近所の子供たちの遊び相手にはならなかった——じっさい、そのことがあの子を引っこみ思案に、ひとりぼっちにさせてしまったんだろう。とはいっても、あの子は五歳にしては大柄な子供でね。体つきもしっかりしているし、スタミナもあり、健康優良児だ。ネルソン叔父さんのほうは、さっきもいったように、病身で弱っていたから――」

「ええ、ええ、わかっているわよ」とママはじれったそうに口をはさんだ。「さあ、第二問」とこんどは二本の指を突きだす。「ケニィ坊やは、どんな本を読んでたの？」

「本だって、ママ？」

「本、本。おぼえているでしょ、あんた、大学にいたころはときどき開いていたけど――こんなあほらしい職業につくときめてからは、さっぱり読む必要がなくなったのよね。そのケニィ坊やっていうのは引っこみ思案で、友だちがいなかったっていったわね。たいていひとりだったのよね。そういう子どもは、たいていたくさん本を読んでいるものよ」

「ご質問の狙いがわかりませんけどね」とわたしはいった、「でもママのいうとおり。あの子はたいへんな読書家だよ。部屋じゅう本でいっぱいだった。たいてい漫画だけど。スーパーマン、バットマン、宇宙旅行、といったたぐいね。もっと高級な本を読むには小さすぎるってわけだ」

「けっこう、けっこう」とママはいってうなずいた。「第三問。これはいちばん大事な質問」ママはわたしを一瞬じっと見つめてから、言葉をついだ。「きのう、ネルソン叔父さんが殺されたのは、昼近くだったわね。あたし、午前中ずっと肉屋へ行っていて――羊の肉のことでちょっとした行きちがいがあって、肉屋のパールマンとやりあってたもんだから――外のお天気がどんなふうだったかおぼえてないのよ。晴れて明るかったの、それとも曇って、うすぐらかった?」

わたしはまじまじとママを見つめた。「それがいちばん大事な質問かい? ママ、その質問の狙いは?」

「狙いなんてどうでもいいから。答えてくれればいいの」

「きのうは、からりと晴れていいお天気だったよ。この夏最高の暑さだった。だけどわからないな――」

「あんたにゃわからない」とママはいった。「でもあたしにはわかる」そういってうなずくと、料理に戻った。

しばらくしてからわたしは咳ばらいをした。「なにがわかるの、ママ?」

「なるほどねえ、思ったとおりだ。はじめから、あたしの頭のなかにあった答えのとおりだ」

「あの坊やは事件になんの関係もないっていうの?」

「だれがそんなこといった? あの坊やは、関係が大ありよ」ママは、わたしの困惑をちょっと愉しんでから、ためいきをつき、かぶりを振った。「デイビイ、デイビイ、あんたたちが犯している誤りが、わからないの、あんたや殺人課のお歴々が? ママの愛情を求めている子供だの、その子供が叔父さんにやきもちやいてるだの、パパに病的な執着をして、パパのものを盗んだだの、それは子守をけとばすようなもんだの――なかなかお利口さんなことおっしゃるけど、ただね、その坊やのおつむのなかで起っていることは、そんなことじゃない。あんたが勝手に、坊やのおつむのなかでは、こういうことが起っているはずだと思いこんでいるだけなのよ」

「するとママは、坊やのおつむのなかでなにが起っているかわかるってわけ？」

「わからないでどうするの？　小さな子供のおつむは、このアパートの、あたしの鼻先で長いことうろちょろしてたんじゃない？　そのおつむは、いろいろと厄介《ツーリス》ごとをひきおこしてくれたけど、でも、そのおつむのなかでなにが進行しているかってことは、わかっていたわよ。まあ、あんたやシャーリイにもわかるようになるでしょう。もし、ちょっとでも心理学のご本を読むのをおやめあそばして——ああ、わかった、わかった、主義主張はひとまずおいて、事件に戻ろう。五歳の坊やについて心にとめておくべきことは、その子が五つだということ。たった五年間しか、この世に生きちゃいないんだよ、そうしてその半分は言葉をおぼえるのに費されていた。

　そんな小さな坊やに、たったの五年間で、人生のどれほどのことがわかるっていうの？　なにが真実で、なにが真実でないか？　ろうそくの火に指をつっこんだら火傷をする。でも日光に指をさらしても、あったかくて、いい気持がするだけ。小さなベビイにそのちがいがわかるかしら、自分でためしてみるまで？　パパがお家にかえってきたら、首っ玉にしがみついて、ほっぺたにキスできるわね。でもテレビの上に置いてある写真のすてきなパパはどう——首っ玉にかじりつくことも、ほっぺたにキスすることもできないとしたら、どうする？　ママは眠る前におとぎばなしをしてくれる——パパは、新聞に出ていた子供の誘拐事件の話をしてくれる。としたら、どっちのお話がほんとうなんだろう？　ひとつはおもしろいお話、ひとつは怖がらなくちゃいけないお話。どっちがほんとうにあった話なんだろう？　この世界に、ありえない話なんてあるんだろうか？
あたしのかわいい弟のマックス、あんたのマックス叔父さん、七つのとき、アメリカにやってきたんだけど、あのひとがそうだった。物心がついてからマックスはアメリカのギャングの話を聞いていた。ギャングってなんだろう？　ギャングって何歳なんだろう？　ふつうの人たちと同じに見えるんだろうか？　マックスより大きくて、彼のことをどなったり、ぶったりするひとだろうか、そういうひとならだれでもなれるんだろうか、七つのマックスだってギャングになれるかもしれない。運の悪いことに、デランシー通りに近いところに越していったら、近所に十になる男の子がふたりいて、それがやさしいとも親切ともいえない子供たちでね。ある日マックスはそのふたりに訊いた、「ギャングってなんなの、サミイ？　おまえ、ギャングかい、チャーリイ？」するとサミイとチャーリイは目くばせをかわしてこういった、「そうさ、おれたち、ギャングの二人組だ、この町でいっとう悪いギャングなんだぞ。いまこのポケットのなかに大きなピストルが入っているからな、おまえを射ってやるぞ」

それでかわいそうなマックスはその子たちのいうことを信じなかったと思う？　当然のこと、信じた。それから何週間もずうっと、死ぬほどあのふたりを怖がってた。おまわりさんがそばを通るたんびに顔を隠すの。食欲はなくなるし。家から一歩も出ようとしない。あるとき、その子たちが、真夜中に部屋にしのびこんでおまえを殺すといったときなんか、ベッドのなかで震えていて、ドアがきしむ音がきこえたとたんに、本気で窓からとびおりようとしたのよ。もし窓がもうちょっと開いていたら、あたしの弟のマックスは、マックス叔父さんにはならなかったわけだ」

「ママ、そりゃ、おかしいよ」とわたしは口をはさんだ。「ママはこういうのかい、あのケネス坊やがぼくはギャングだぞと、ネルソン叔父さんに信じこませて、五歳の子供が大人をおどかして、屋上からとびおりさせたって？」

「そんなこと、いってやしないでしょ！」ママはそっくりかえった。「あたしがいっているのはね――小さい子供って、なんにも知らないんだから、そういう工合に、ひとのいうことをなんでも信じてしまうっていうこと、なにか話してやればそれをすぐに信じてしまうってことよ、玄関のテーブルにのっかってるうすい陶器の置き物みたいなものでね。そりゃもろいんだから、ところがこの世界は大きくて強くて、ぶきっちょで、ときによっては残酷だから、じっさい、子供たちを粉々にくだいてしまう方法なんてそりゃたくさんあるのよ」

「まだわからないなあ――」

「あたしがいっているのわね、デイビイ。もし五つの坊やを始末したいと思ったらよ、もしその子が邪魔になる、気にくわんとなったらよ、その子を殺して、殺人罪で逮捕される危険をおかす必要はないってことよ。もっとうまい方法があるの。その子に少しずつ、いろいろなことを吹きこんで、怖がらせて、混乱させて、そして最後におかしな行動をとらせるように仕向けて、そうしたら事故がおこって死ぬということになるの」

この言葉はわたしを呆然とさせた。どう受けとってよいやらわからなかった。ママの言葉のなかになんらかの意味が隠されているのだが、わたしにはよくわからなかった。

「あたしがいっているのはね、デイビイ」とママはいった、「ケニイ坊やがやったあの盗みのこと。近ごろは、なんでもかんでも精神医学で、だれでもかれでもシグムンド・フリード博士きどりなんだからね。だれかが、わけのわからないことをしでかすと、すぐにこういうのよ、『ハッハッ！　そりゃ精神病だ！　パパに対する病的な執着だ！　インフラレッド・コンプレックスだ！』というんだから。でもねえ、デイビイ、物事ってものは、ときには、もっと単純ではっきりした解釈ができるものなのよ――ちょっと頭を使って考えてみればね。先週、ネルソン叔父さんが殺される前に、ケニイはパパの持ちものをいろいろ盗んだわね。そこであんたはこう結論した、坊やはパパのかわりになって、叔父さんを亡きものにしたがっているんだと。でも、あんた、ひとつ忘れていることがある――ケニイはただパパの持ちものを盗んだんじゃなくて、ある特別のものだけ盗んだのよ。パパの長マントを出そうとして戸棚の箱をこじあけたとき、いっしょにあったパパの本や書類には手をつけていない。クロゼットでパパの軍服をさがしたときには、パパの背広は見むきもしなかった。ママの宝石箱を開けたとき、パパのカフス・ボタンはとらずに、パパの勲章をもちだした。坊やがパパの持ちもののなかで、ある特殊なものだけ盗んだというのは、興味深いことじゃない？　パパの軍服、パパの階級章、パパの勲章――みんな、空軍のパイロットとしてのパパの仕事に関係のあるものばかりじゃないの」

「うん、そのとおりだよ、ママ。でも、それでなにが証明できるというの？　それに」わたしはとつぜん、思いだした、「あの子はマントもとっているんだぜ！　マントと空軍とどんな関係があるの？」

「そのマントが、すべての答えなのよ、デイビイ。小さな子供が、パパが空軍で使っていたものをぜんぶ盗んだ――それからパパの長マントを盗んだ。一度だけじゃない、二度も三度も盗んだ。それほどその長マントにご執心だったのよ！　なんのためにそれがそれほど重要だったのか？　ちょっと思いついたことがあったから、あたし、あんたに訊いたわね。その子はどんな本を読んでいたかって。答えはあたしの予想どおり。漫画本――どんな漫画本かっていうと。カウボーイもの？　探偵もの？　海賊もの？　いいえ。ケニイ坊やは、もっとほかのものに興味をもっていた。宇宙旅行、スーパーマン、バットマン。そしてスーパーマンやバットマンが空を飛ぶとき、いつも着ているものってなんなの、風をきって飛ぶときに、うしろにひるがえしているものは?」

「大きな長マントだ!」とわたしはさけんだ——頭にひらめくものがあった。

「ほかになにがある? さあ、これでもう、混沌《カシャ》じゃなくなったでしょ。コンソメ・スープみたいに澄んでいるでしょ。ごくごくあたりまえの子供らしいことがケニイの頭のなかで進行してたのよ、子供たちがたいてい通ってくるもの、毎年たくさんのちょっとした事故や大きい事故の原因になるもの。ケニイ坊やは、空を飛ぼうというつもりになってしまったの!」

「そうか」わたしはうなり声をあげそうになった。「ずっと前にわかっていなくちゃいけなかったんだ。思いだすよ、ぼくの六つの夏だっけ、三人でダン叔父さんの裏庭の木にのぼってね——でもどたんばになって勇気がなくなった」

「それは初耳だわね」とママはわたしをじろりと見た。そして肩をすくめた。「ケニイ坊やにとってはごく自然なことだった。パパはずっと空軍のパイロットだった。家のなかでは、空を飛ぶことが日常の話題だった。そしてパパは坊やにとっては英雄だった。それに友だちもあまりいなかった。丈夫で、活発な子だったけど、年が小さすぎて、近所には遊び相手がいなかった。みんなきっと坊やのことを笑っていたにちがいない。そんなチビは、あっちへ行ってろ、おまえなんかチームの役にたたないんだ、なんていったにちがいないわ。坊やはきっとひどくみじめだったろうね。そこで坊やは考えた、みんなが間違ってることをわからせてやろう、いくら小ちゃくてもうんとすばらしいことができるんだってわからせてやろう、そうすればみんなよろこんで仲間に入れてくれるだろうって。きのうの朝は、あんたのいうように、決断のときだったのよ。屋上へあがっていくとき、思いつめた表情をしていた——それはだれかを殺そうとしていたからじゃなくて、長いマントを着て、パパの軍服の一部とパパの階級章をつけて、屋上から飛びおりるつもりだったからよ。だから朝食もとらず、水も飲まなかった。なぜかというと、できるだけ体重を軽くして——

——」

「わかったよ、ママ。そして彼が手すりによじのぼろうとしたとき、ネルソン叔父さんが事の次第に気がついた。叔父さんは坊やを止めようとした。坊やにとびつく。ケネスが飛びのく。ネルソンはバランスを失って、坊やのかわりに、屋上からおちた」

「だいたいはね」とママはいった。「そのとおりっていうわけじゃない。あんた、いちばん大事なことを忘れてる。小さな子供がおかしなことを考えた。『ぼくは飛べるんだ』と彼はいう。『屋上にのぼってためしてみよう』だけどケニィ坊やはとつぜんそんなことを思いついたわけじゃない。一週間ばかり前に思いついた。パパの軍服を盗んだ、なぜかというとパパは飛ぶときはいつも軍服を着ていた、だからその不思議な力が自分にも授かるようにと思った。パパの勲章を盗んで枕の下に入れて眠った、子供が抜けた歯を枕の下に入れて寝るようなもので——パパみたいに空中を飛ぶという願いが実現するように。パパの長いマントを翼にするつもりで盗んだ。とても賢いやり方、精神療法的なやり方——あたしにいわせればこれはたったひとつのことを意味しているわ。ケニイ坊やがこんなことをひとりで思いつくはずがない。

ええ、そりゃ、坊やが、この考えにとびつく下地はできていた。それはあたしも認めるわ。あの子は淋しかった、想像力が豊かだった、あの子の英雄はパイロットのパパだった。あんたも殺人課も、あんた方が思っている以上に事実に近づいていたわけね、ディビィ、あんたがこの事件はあの坊やのパパに対する感情が焦点なんだっていったときに。あんたにわからなかったのは、そういう感情はだれかが植えつけなければならないってこと。軍服を盗むこと、マントを使うこと、勲章を枕の下へ入れて眠ること——こういうのはみんな小さな子供の興味をひくことだけど、五つの子供に考えだせるものじゃない。だれかほかの人間が——」

「でも、そのだれかってだれさ、ママ？　アグネス・フィッシャーか？　そんなことはありえない。あんな美人の、頭の散漫な女が——それに息子を心から愛しているし。召使いのだれかかもしれないね？　料理女はどうだろう、事故の数日前にとつぜんやめていったやつは？」

ママはうなり声を発した。「ばかだね。料理女がとつぜんやめたなんていうのは、きょうびじゃあたりまえの出来事よ。料理女がとつぜんやめなかったなんていったら、こりゃ奇蹟だわよ。答えはそれほど難しくはないんだよ、デイビイ。こんなふうに考えてごらん。いよいよその日が来た。ケニイ坊やは空を飛ぶつもりだ。そわそわしている。朝食もとらない。電気椅子にのぼる死刑囚みたいな気持で屋上へあがっていく。二時間そこにいたけれども、どうしても飛びおりられない。この考えを坊やに吹きこんだ人物は、坊やがじっさいに飛びおりるのを見とどけるまでは立ちされない。で、彼はとうとう坊やにこういった、「とっても簡単だよ。ほら、まずどんなふうにやればいいか見せてあげよう。ぼくが手すりにのぼってみよう。両手を鳥のようにばたばたやってみよう。なんでもやってみせてあげよう、飛ぶのはだめだが——ぼくは飛べない、大きいし重いから——」

「ちょっと待って、ママ！　ネルソン・フィッシャーが、甥のおかしな振舞いの陰にいたっていうのかい？」

「ほかにだれがいる？　大人のくせして、同年輩の連中は眼中になくて、五つの坊やを相手に遊んでいる人間なんて、ほかにだれがいるの？　孤独で病身で、飛行機のパイロットとしての人生がおわったためにみじめな思いをしている人間て、だれ？　こんなことを考えられる人間て、だれ。〝義姉はぼくを好いていてくれる。彼女はぼくのものになるかもしれない、彼女の家と財産といっしょに——この小さなガキを片づけさえすれば〟それからケニイのやきもちが下火になったあと、ケニイにいちばん影響をあたえたのはだれ？

自分を英雄に仕立てて、自分のいうことをなんでも信じさせてしまったのはだれでしょう——ことに空を飛ぶことについてね、なにしろネルソン叔父さんはパパのような空軍のパイロットだったんじゃないの？　そして最後に、といっても重要さはこれまで述べたことに劣らないけどね、ケニイといっしょに午前中ずっと屋上にいたのはだれ？　ネルソンよ、ぜったいにネルソンよ。手すりによじのぼって両腕をパタパタさせて、こう叫んだのよ、「ほら、ケニイ、見てごらん、こんなにやさしいことなんだ。なにを尻ごみしているんだ、ケニイ？　どうしてこわがっているんだ？　どうして、ケニイ、どうしてだ？」——そして自分で墜ちてしまった」

目の前の光景はわたしの心を奪い、一瞬わたしを沈黙させた。やがてわたしはいった、「でもどうしてそんなことになったんだ、ママ？　なぜ彼はバランスを失って、手すりから墜ちたんだ？」

ママは眉をひそめた。「それが問題だったのよ。しばらく悩んだわ。でもとつぜんあれが閃めいた、あんたにお天気のことを訊いたわね。暑くて、まぶしいほどの晴天だったって、あんた、いったでしょ。で、あたしは、そのろくでなしネルソンの立場に自分を置いてみた。あたしは興奮している。かねがね望んで画策したことが成功しようとしている。そしてあたしはマラリアを患った人間だ、まだめまいの症状が抜けない。あたしは手すりにのぼる——せまい手すり、四階の高さ、下を見おろすと、地面がはるか下に見える。そしてお日さまがギラギラ照りつけて、光を容赦なく浴びせかける、両腕をパタパタさせる、小さな子供にむかって叫ぶ、そのとき目の前のものがみんな踊りだす。めまいの発作よ。しまった、あたしは墜ちる――あたしは飛んでいる――」ママは重々しく言葉を切る。

しばらくしてわたしは大声で笑った、笑わずにはいられなかったのだ。「ママ、ほんとに感謝しているよ。五歳の殺人犯なんて――そう考えるだけで、みんな気がめいっていたんだよ。殺人課の連中もほっとするぞ！」

「あちらのママもほっとしたでしょうね」とママは小声でいった。

わたしは一瞬ママを見つめた。そのとき、ママをちょっとからかってやろうかなと思った。「でも、肝心な点が立証されていないぜ、ママ」とわたしは真顔をよそおっていった。「子供をもつのはいいことで、子供ってものはみんながみんな怪物じゃないってことを、ママはまだ証明していないけどね」

ママの頭がぱっとあがった。「証明していないって？　だれがそういったの？　ケニイ坊やは無邪気で賢くてやさしい子だってこと教えてあげなかった？」

「ああ、ママ。でもネルソンはどうなの？　ネルソンだって昔はだれかの子供だったんだぜ」

「ネルソン？」ママはぱっくり口を開けてわたしを見つめ、絶句したかのようだった。それからとても厳しい声でいった。「ネルソンなんて関係ない！　いったいいなんだっていうの、ネルソンなんかもちだしてきて？」

「さあね」わたしは肩をゆっくりとすくめた。「シャーリイもぼくも、その点はようく考えなきゃね。ケネスみたいな子供ならほしいよ。でもその子が大きくなってネルソンみたいになるとしたら。こいつは大問題だ」

「問題じゃありません」ママは頭を前後にはげしく振った。「そんなふうにいわないでよ――あたしの息子なら！　お願いだから、子供に偏見をもたないでよ、ディビイ。小さい子供は――小さい孫は――この世でいちばん美しいものなんだよ。ときどき思うんだけど、この世で美しいのは子供だけじゃないかって」

そこでなにかが起った――いままで見ようとは思いもしなかったことが。ママの目が曇り、唇がわななき、わたしが驚いて見つめるうちに、ママは涙をこぼしはじめたのだ。わたしは自分がひどく恥しくなった。「ごめんよ、ママ」とわたしはいった、「ちょっとからかっただけなんだ」

ママはすぐさま立ち直った。立ちあがったときにはもう涙はかわいていた。「あたしのほうもだよ！」とママはうなるようにいった。そしてネッセリローデパイをとりにどたどたと出ていった。

ママは祈る

Mom Makes a Wish

金曜日の晩は、妻のシャーリイとわたしは、ブロンクスの母のところで夕食をすることにしている。土曜日が殺人課の非番の日なので、この晩がわたしにとってはいちばん都合がよかった。だが年に一度は金曜日でなくても顔を出す――十二月十八日の晩はママの誕生日である。

この晩は、もうひとつのかたく守られている習慣がくずされる。ママは夕食の支度をいっさいしない。シャーリイが料理をつくり、わたしが皿洗いをする。だからママは安楽椅子にくつろいで、テレビを見たり、友だちと電話で噂話ができるというわけだ。くつろぎはするが、不承不承なのはいうまでもない。シャーリイのコックとしての能力に対するママの不信たるや根深いものだった。「あんた、どこでお料理をならったの？　近ごろの若い娘の教育ときたら、卵の茹で方を知ってれば、一流のコックという顔をさせておくんだから」そしてシャーリイがウェルズリー大学で学んだ家政学のことをもちだすと、ママはただ大げさに鼻をならすだけだ。「またウェルズリー！　じゃあうかがいますけど、ウェルズリーじゃ魚の詰物《ゲフィルテ・フィッシュ》はどんなふうに作るの？」

わたしの皿洗いについてもママの意見は甘くはならない。ママはただ両手をあげて、うめくようにこういうだけだ、「役たたず《シュリマッツェル》はいつまでたってもシュリマッツェルだ！」

だがシャーリイもわたしも頑固なほうではひけはとらないので、最後にはママの抗議を斥けてしまう。そしてけっきょくはたのしい誕生日のパーティになるのである。

去年のお祝いには特別のお楽しみがついていた。ミルナー警部を連れていったのだ。ミルナー警部はわたしの上司で、殺人課のなかではもっとも望ましい独り者である。五十代の、小柄でがっしりした体格、白いものがまじりはじめた髪、がっちりした顎、そして不思議なほどデリケートな哀愁をおびたまなざしは、彼と同年輩の母性的なご婦人にはたまらない魅力をあたえる。このところシャーリイとわたしは、ミルナー警部とママのあいだをそれとなくとりもとうと努めているのである。

ママは彼を歓迎した。彼の背中をたたいて、警官に関するありったけの冗談を浴びせた。警部ははにかみ笑いをして、自分の当惑ぶりをたのしんでいた。それから食事のなかばにさしかかるころ、ママはふいに鋭い視線を彼に向けた。

「どうしてそのチキンのももを食べておしまいにならないの？」とママはいった。「おいしいチキンよ――料理したんじゃなくて、家政学で処理してあるにしてはね。なにかご心配ごとでもおあり？」

ミルナー警部は笑顔をつくった。「心の奥までお見とおしですな、例によって」と彼はいった。「そう、そうなんですよ。ディビッドから話してもらいましょう」

「いま扱っている新しい事件なんだよ、ママ」とわたしはいった。「なんだか気の重い仕事でね」

「迷宮入りなの？」とママは身をのりだした。ママは、わたしの事件に興味しんしんなのだが、それもひとえにママがあの摩訶不思議な才能で、わたしより先に事件を解決してしまうからである。

「迷宮入りじゃない」とわたしはいった。「殺しだけど、犯人はわかってるし、この週末には逮捕にもっていけると思う」

ミルナー警部が悲しそうな長いためいきをついた。「さあ、話して、話して」とママはますます愉しそうにいった。「すっかり話して、胸のなかのものを吐きだしておしまい！」

わたしはひと息ついてから話しだした。

「まず、この大学教授のことを知っておかなくてはね。つまり元教授なんだけど。プトナム教授。もう五十は越えていて、ワシントン・スクエアの近くのエレベーターもないアパートの狭い三部屋つづきに、娘のジョーンと住んでいる。十年前プトナムは、ダウンタウンの大学で英文学を教えていた。たいへんな才人と考えられていた。ところが奥さんに死なれて、すっかり弱りこんでしまった。日がな一日部屋にひきこもって天井を見つめているばかりだ。講義にも遅れてくるし――そのうちにまったく出てこなくなった。学生のレポートも読まなくなるし、大学院の学生の研究会もすっぽかすようになる。それで学部長から再三注意を受けていたんだが、これまでの立派な業績や、不幸に見舞われたことなどを斟酌《しんしゃく》して大目に見られていたわけだ。だけど、こんな状態が二年も続いたので大学側は放置しておけなくなった。そこで学部長が免職を通告した」

「それでさっきいった娘さんは？」とママがいった、「そのときいくつだったの？」

「十七だった。大学に入ったばかりでね。父親が職を失ったので、彼女も退学しなけりゃならなかった。それ以来父親は働こうとしないので、彼女がふたり分の生計をたてていかなければならなかった。タイプと速記をならって、法律事務所の秘書の仕事にありついて、これまでは順調にやってきた。贅沢に暮しているわけではないけどね」

「で、そのお父さんは」とママがいった、「二度と元気をとりもどさなかったの？」

またも長いためいきをついて、ミルナー警部がわたしの話をひきついだ。「それが、ますます悪くなっていったようなんです。失職するとすぐに酒を飲みだした。週に二度――月曜と木曜日の夜に――夕食がすむと家を出て、帰ってくるのは真夜中すぎ、ウイスキーの匂いをぷんぷんさせて、ぐでんぐでんになって歩くのもおぼつかない。娘のジョーン・プトナムが、いつも起きて待っていて父親をベッドに寝かしつけるんですね。この十年間、何回となく、その習慣をあらためさせようとしたらしいんですがね、うまくいかなかった。週に二度の気晴しのほかに、ウイスキーを何本も家のどこかに隠しているからなんですよ。安ものの酒がいっぱい入った大甕を見つけるたんびに捨ててしまう。そうすると父親はまた新しい隠し場所を考えだすという始末でね」

「それはまだいいほうなんだ」とわたしは口をはさんだ。「プトナム教授は、職を失ったときに学部長をうらんでいた。学部長のダックワースは彼とほぼ同年輩で――ふたりとも若手の講師としていっしょに大学に勤めはじめた年来の友人だった。ダックワース学部長が解職をいいわたしたときプトナム教授は醜態を演じてね――いまでも学内の語り草になっている。自分をくびにしたのは、嫉妬のせいだ、自分のキャリアをめちゃめちゃにしたのも、妻を死なせたのも――なにもかも学部長のせいだと罵ったんだ。いつかこの仕返しはすると脅しもした。それ以来プトナム教授はダックワース学部長を憎みつづけてきた。十年前に罵言を放ったときと同じように。ところが最近になって事態は危機的に――」

「その危機っていうのはわかるような気がするわ」とママはいった。「学部長のダックスト、プには独身の若い息子がいるんじゃない？」

「おどろいた」とミルナー警部は小声でつぶやいた。「殺人課の連中も、頭をこういうふうに使わにゃいけませんな」

「実用的な面には」とママがいった、「もうお使いになっているんじゃありません？」

「まあ、話を先に進めようよ」とわたしはすかさずいった――ミルナー警部でさえ、ママが、もつれた難事件を解くのに、どこまでわたしを助けてくれたのかはっきりとは知らないのである。「まったくママのいうとおり。ダックワース学部長にはテッドという息子がいて、大学の講師なんだ。三十そこそこでまだ結婚していない。ところが数カ月前に彼はジョーン・プトナムと婚約した。この婚約はダックワース学部長のほうにはなんの異議もなかった。ところがプトナムは猛反対だった。自分の一生を破滅させた男の息子と結婚することはまかりならんといってね。青年がご機嫌うかがいにやってきても家のなかに一歩も入れようとしない。そしてある晩、一週間前なんだが、ダックワース学部長の家にどなりこんだ――学部長の住居はワシントン・スクエアのはずれの二階家でね――そうして、客のいっぱいいる部屋の前でひと騒ぎ演じた。ダックワース学部長は自分から職をうばい、妻をうばい、自尊心をうばい、なおかつこの世にたったひとつ残されたもの、娘までうばおうとしているとわめいたんだ。彼は、学部長に殺してやるといった。『これは殺人じゃない、刑の執行だ』といった。その結果はというと、娘のジョーンは、いますぐにはとても結婚はできないとテッド・ダックワースにいった――結婚は延期しましょうといいはった、父親が分別をとりもどすまで」

「それはありえないわ」とシャーリイが口をはさんだ。「これはごくありふれたケースよ。彼は自分の罪悪感を第三者に転嫁することによって、娘に対する神経症的な依存を正当化し――」

「ごくありふれている」とママが割りこんだ。シャーリイがウェルズリーで勉強した心理学を振りまわすたびにとげとげしい口調になる。「この事件の関係者たちに、これはごくありふれたケースよっていってやったら、みんなずいぶん助かるんじゃないかしらね」

「いずれにしても、なにが起ったか見当はつくよね、ママ」とわたしはつづけた。「先週の月曜日の晩、プトナム教授は夕食のあと、いつものように飲んだくれるために出ていった。ジョーンもいつものように起きて待っていた。ただ教授は真夜中になっても帰ってこなかった。帰ってきたのが一時三十分。むろんぐでんぐでんでウイスキーの匂いをぷんぷんさせていた。同じころ、ワシントン・スクエア管区の警官がダックワース学部長の死体を発見した。自宅から一ブロックほどはなれた路上に倒れていた。めちゃくちゃに撲《なぐ》られていて、凶器は死体のすぐわきにあった――われたウイスキーの壜がね。

そこでわれわれは夜明けまでかかって調べまわった。息子と奥さんの申し立てによると、彼は十二時三十分ごろ、地下鉄の駅に遅版の新聞を買いにいったというんだ。でも彼は新聞をもっていなかったし、新聞の売り子も彼を見たおぼえがないといっているから、とちゅうで犯人に出会ったにちがいない。ダックワース夫人とテッドはたまたまその晩ずうっといっしょに教授の帰りを待っていたから、おたがいにアリバイを証言している。それから学部長とプトナム教授のあいだの確執《かくしつ》もすぐにさぐりだしたよ。朝の六時にプトナム教授の家に行って、ゆうべの所在を訊いたわけなんだ」

「気の毒なひとだ」とミルナー警部はかぶりを振りながらいった。「目はどろんとしていて、まるでふらふらでしたよ。娘さんがやっとのことで起してね。ダックワース学部長のことを話すと、しばらく目をパチクリさせて、われわれのいっていることがわからないようでした。そのうちに泣きだしましてね。昔のことを話しだしたんですよ。ダックワースと彼がともに理想に燃えた青年で、教職にも同時についたころのことを話しだしたんです。そのあいだ、娘さんはかわいそうに、目に恐怖をうかべて、われわれと父親を交互に見つめているんですよ、どうなるかをさとってねえ」

「ひどいものだったよ、ママ」とわたしは思いだして、ぞくりと身震いした。「なんとか彼の話をさえぎって、その晩の行動を説明するように単刀直入に説いたわけだ。ところが、彼は話すことを拒否した」

ママはこれを聞いて目を細くした。「拒否した？　それとも飲みすぎで、思いだせなかったのでは？」

「拒否したんだよ。思いだせないともいわなかった。ただ話したくないというんだ。そんなことをしたら有罪を立証するようなものだとこちらは警告したし、娘さんも父親に懇願した。どこかの酒場にいたのなら、そんな習慣はだれも知っているのだから、恥しがることはないといってね。それでも彼はしゃべろうとしないんだ。では、われわれになにができるだろう、ママ？　まだ殺人罪で告発したわけじゃないが、訊問するために本署に連行したんだ」

ママはしたり顔にうなずいた。「拷問ね」

「いいや、拷問じゃない」とわたしはいささかむっとして答えた。ママはよく知っているくせに、警察はまだ百年前の手段を使っていると信じこんでいるふりをしたがるのである。こうやっていつもわたしをからかうのだ。「だれも指一本触れやしない。ただ手をかえ、品をかえて、十二時間以上、ぶっとおしで訊問した」

「そうせざるを得んのですよ」とミルナー警部は弁解した。「殺人犯というものは犯行直後はかなり神経がたかぶっていますからね、捕えて訊問するのが早ければ早いほど、自白させるチャンスがあるわけです。愉しんでやっていたなんて思わないでくださいよ」と警部は急いでつけくわえた。「あの哀れな老人は——すっかり老いこんでいてねえ、わたしと同じ齢なんですが——愉しいなんて気分じゃありませんよ」

ママの声も表情もたちどころに和らいだ。「そりゃそうでしょうとも」とママはミルナー警部にいった。「あなたが愉しんでやったなんて、そんなことをあたしが仄めかしたとしたら、あたしは大馬鹿者だわ」

「要するに」とわたしはいった。「プトナム教授は自白しなかった。自分は殺してなんかいないといいはるんだが、じゃあその時刻にはどこにいたかということは、がんとしていわない。勾留するだけの証拠もないので、娘のもとへ帰宅させたんだ」

ミルナー警部はちょっと顔を赤らめた。「かなりきついことを娘さんにいわれましたよ」とためいきをつき、「まあ、警官はそういうことはなれっこだから」

「プトナム教授が有罪だとほぼ確信していた」とわたしはいった、「だから次にやることは、彼が現場附近にいたことを立証する目撃者をさがすことだった。それはたいして難しいことじゃなかった。酒を浴びに出かけたのなら——たとえプトナムのように飲み仲間がいなくてひとりで飲もうという男でも——必ずだれかに見られているはずなんだ。家の近所のバーを一軒のこらずまわってプトナムの写真を見せた。ダックワースの家から三ブロックばかりの一軒のバーでとうとう手がかりをつかんだ。その店の所有者でありバーテンダーであるハリイ・スローンがプトナムをおぼえていた。この数年間、彼の姿を自分の店でちょくちょく見かけていた。殺人のあった夜もプトナムを見た。午前一時十五分前ごろだった。ちょうどハリイと奥さんが店をしめようとしているところだった——だいたいが大学生相手なんだが、大学が期末休暇なので、真夜中をちょっとまわったあたりで店をしめて早寝することにしていたんだ。ところがプトナムがやってきてドアをたたいて大騒ぎをやらかした。仕方なくドアをあけて、もう閉店だからといったが、彼は金を見せてどうしても飲ませろという。これは飲ませて追いかえしたほうが早いなとハリイは見てとった。そこでプトナムを入れたそうだが、ハリイとかみさんの申し立てによるとバーボンを半分近くあけてから、ようやっと一時十五分ごろに追いだしたそうだ。飲むのを愉しんでいるというふうじゃなかったそうだ。なにか心にわだかまりがあるように見えた。なにかに怯えているみたいだったとハリイのかみさんはいっている」

「だからってそれが殺人を犯したというきめ手にはならないわよ」

「うん。でも他のことも考えあわせればかなり強力な証拠になる。まず第一に動機があった。第二にチャンスがあった。時刻表はぴったり符合する。ダックワースは新聞を買いに十二時三十分に家を出る。とちゅうで――偶然か故意か――プトナムに会う。プトナムは酒壜をもっていて、そいつでダックワースを撲る。これが一時十五分前ごろだ。プトナムはひどくとりみだし、自分のしたことが怖くなり、飲まずにいられなくなっていちばん近いバーにとびこむ。一時十五分すぎにバーを出て、娘の証言によれば一時三十分に家に着く。第三に、彼の言動はこの仮説にピッタリあてはまる――スローンのバーでどうしても飲まずにいられなかったことや、あの晩なにをしていたか話すのを拒んだことなんかはね。こいつは明々白々の事件だよ、ママ」

ミルナー警部も悲しそうに口をそえた。「明々白々ですよ。証拠はほかに解釈のしようがないし」

長い沈黙があったが、やがてママが鼻を鳴らした。「もうひとつほかの解釈があるわ」とママはいった。「正しい解釈が」

わたしたちはいっせいに顔をあげてママを見つめた。ママはこれまでにどれだけこういう仕打ちをわたしにしたことか――そしてそのたびにわたしは驚かされるのだ！

「まあ、おかあさん」とシャーリイがまっさきに反応した。「まさかほかの答えがあるというんじゃないでしょうね――」

「からかっちゃいけないよ、ママ」とわたしはいった。

「まさか、まさか」とミルナー警部はかぶりを振る。「そうあってもらいたいが――あの気の毒な男が――しかしありえないことだ」

「ありえないかどうか検討してみましょうよ」とママはいった。「それにはまず三つばかり簡単な質問をさせていただきましょう」

わたしはちょっとばかり身がまえた。ママの〝簡単な質問〟というやつは、事態をめちゃめちゃに混乱させてしまうからだ――少くともママ自身が、それらの質問がまったく単純で適切であることを示してくれるまでは。

「さあどうぞ、質問してください」とわたしは用心深くいった。

「第一問。そのダックポンド学部長についてちょっとばかり知りたいの。プトナム教授が飲んだくれを そんな飲んだくれになってしまったことを彼はどう思っていたのかしら？

彼は認めていたのか、非難していたのか？」

なんだかわけのわからない質問だったが、わたしはいつものように辛抱強く答えた。

「認めてなんかいませんよ」とわたしはいった。「ダックワース学部長は絶対禁酒主義者だったんだから——学生の飲酒にも反対していて、禁酒の学則を作ろうとしていたくらいなんだ。プトナムの飲酒は、道徳心の低い性格を立証するものだと奥さんや息子に常日ごろいっていたそうですよ。十年前にくびにしたのは適切な処置だったとね」

ママは満足そうににっこりと笑った。「けっこうなお答えね」とママはいった。「第二問。本署でプトナム教授を拷問にかけてから、娘さんのところへ帰した、それから彼はなにをしたの？」

「なにをしたんだろうね、ママ？」

「訊いているのはあたしよ」

またもやわけがわからなかったが、こちらも辛抱強かった。

「彼がなにをしたか、実をいえばわかっているんだ、ママ。プトナムが脱けださないように、見張りの者を家に置いておいたからね。娘とうちのものの目の前で長椅子にひっくりかえって眠ってしまった。翌朝、目をさますと食事をした。オレンジジュースとトーストとコーヒー。角砂糖二つ。これが有力な手がかりになりますか？」

ママはわたしのあてこすりを無視し、笑顔をくずさずにつづけた。「あんた方にお利口なおつむがあれば、これは立派な手がかりだわねえ。最後の質問。あの近くの映画館で、殺人のあった晩に《風と共に去りぬ》をやっていたところはあるかしら？」

これはあんまりだった。「いいかい、ママ！　これは殺人の捜査で、冗談ごとじゃないんだ！」シャーリイもミルナー警部も当惑の声をあげた。

「だれが冗談をいってるの？」ママは落ちついて答えた。「答えをもらえる？」

敬意をこめてミルナー警部が答えた。「どういう関係があるかわかりませんが、実をいえば、近くのロウズ館で《風と共に去りぬ》をやっておりますよ。最初にプトナム教授の訊問に行くとちゅう、あの前を通ったんでおぼえてますが」

「あたしの思ったとおり」とママは勝ちほこったようにうなずいた。「この事件はこれでけりがついた」

「それはとってもおもしろいこと、おかあさん」とシャーリイが猫なで声でいった。「でもデイビッドと、ミルナー警部が、とっくに事件のけりは――決着はつけていますよ。犯人はわかっているし、逮捕するばかりになっているんですから」

「好もうが好むまいが」とミルナー警部がつぶやいた。

だがママの勝ちほこった表情は少しも変らない。ただその顔をミルナー警部に向けると、心もちやさしさがくわわった。

「うまくけりがつきますよ」とママはいった。「プトナム教授は人殺しをしていないのだから」

　またもやみんな、ママを凝視した。

　ミルナー警部は、おぼつかなげに目をしばたたいた――なかば安堵し、安堵したことをなかば認めたくない面持で。

「すると――するとその証拠がほんとうにあるというんですか」

「とっても簡単なこと」とママはいって、両手をひろげた。「不平屋の、いとこのミリイと同じよ」

「いとこの、ミリイ――？」ミルナー警部の安堵はゆらぎはじめた。

「不平屋でねえ」とママはうなずきながらいった。「あの女《ひと》、たえず愚痴をこぼしていた。いつも体の工合のこと。心臓が悪い、脚がだめだ。背中が痛い。消化不良だ。頭痛がする。あのひとの体は、こわれものだった――毎年、ちがうところがこわれるの。結婚はしなかったから、弟のモリスが同居して面倒をみていたの。弟もとうとう結婚せずじまい。彼が若い娘をじっと見つめていようもんなら、ミリイの体のほうぼうがいっせいに痛みだして、そりゃひどく痛むようになるのよ。ある日、ミリイは死んだ。台所の戸棚の上からチーズケーキをとろうとして椅子にのったところが、足を踏みはずして、床に頭を打ちつけて、そのショックで死んだのね。お医者が検死した結果は、頭部の打撲をのぞけば、これまで見たどの死体よりも健康体だったそうなの。だけど気の毒なモリスは、このときもう五十七歳で、禿げ頭の太鼓腹になっていて、女はだれひとり見むきもしなかった」

ママは口をつぐみ、わたしたちは懸命に考えた。

とうとうシャーリイが口を切った、「おかあさん、それとどんなつながりがあるのかどうしてもわかりませんわ」

「つながりなら」とママはいった、「あなたの鼻の先にぶらさがってる。それをあたしに気づかせてくれたのは、あの時間割よ」

「時間割だって、ママ？」

「プトナム教授の時間割。あんたの話だと、彼は飲んだくれで毎週木曜と月曜の晩に飲みに出かけるって、それもいつも夕食のあと、同じ時刻、それから帰ってくるのも同じ時刻、真夜中近く、ウイスキーの匂いをぷんぷんさせて千鳥足で帰ってくるって。これはおかしいって、あたしにはピンときたのよ。まるでサラリーマンみたいに、時間割どおりに時間を守る飲んだくれ。お酒を飲んで酔っぱらったら——この教授みたいなひどい飲んだくれが——時計をいちいち見たりはしない。そもそも、時計を見たって見えやしないわよ。それによ、この時間割——木曜と月曜の夕食後から真夜中まで——っていうのを聞いてあることに気がついた。映画館の時間割にね。木曜と月曜に映画が変るのよ。それから二本立てだと、ちょうど夕食後からはじまって真夜中におわるのよ」

「ママ」とわたしは口をはさんだ、「というと——？」

「だまって」とママはいった。「あんたははじめに気がつかなかった、だから最後にこのことを話す愉しみをあたしにあたえてくれなくちゃ。この時間割がおかしいと思ったので、あんたに質問をした。警察で十二時間訊問されて帰されたあと、プトナム教授はなにをしたか？　教授は家に帰り、ベッドに入って眠って、朝起きると食事をした。お酒は一滴も飲まなかった！　飲ましてくれともいわなかった！　札つきの飲んだくれといわれている男がよ、十二時間も拷問を受けて――そのあと一杯ひっかけようともしないなんて、考えられる？　あんたには悪いけど、これは納得がいかない。だからあたしの最初の疑問は証明され――」

「彼は飲んだくれではなかったというんですね」と、ミルナー警部は驚いたようにきいた。

「そうですとも」とママはいった。「おそらく、お酒なんか好きじゃあなかったと思いますよ。酔っぱらいのふりをしていただけ。この十年間、毎週木曜日と月曜日の晩は、近所の映画館へ新しい映画を見にいっていたのよ。映画がおわるまでそこにいた。それからたぶんウイスキーを買い、衿や手にそれを振りかけ、娘さんの手前、千鳥足で帰っていった。もうひとつつけくわえると――ウイスキーの壜を家のなかに隠していたそうだけど――いつもその壜はウイスキーがいっぱい入っていた。いいこと、娘さんは、中味が半分になってる壜を見つけたことがないのよ。さらにもうひとつつけくわえれば、自分はひとりぼっちの飲んべえで、飲み友だちはいないんだとわざわざ説明している」

「でもどうして？」とわたしはいった。「どうしてそんなことをして娘をずっと騙してきたのかな？」

「あたしのいとこの不平屋のミリイよ」とママはいって、にっこり笑った。「プトナム教授は職を失い、男らしさを失い、生活力も失っていた。そこで娘さんが面倒をみてくれるようになる。娘の世話になって彼は幸福だ。でもいつかは娘が結婚して、自分からはなれていくのではないかと不安になる。娘をひきとめておくには、自分の弱さだけではたりないと思う。そこで自分を飲んだくれに仕立てる。気だてのいい、やさしい娘が、そんな飲んだくれの父親をひとりにして出ていかれるだろうか。それはうまくいく。あたしのいとこのモリスにきき目があったように、ジョーンにもきき目があった。ただこんどの場合は、モリスみたいに手遅れにはならないと思うけれど」

わたしたちはしばらく黙りこんでいた。それぞれの心には、娘をひきとめるだけの悪知恵はまだ残っている哀れな敗残者の老人の姿が浮かんでいた。

「そんな自分を恥じていたんですな」とミルナー警部はいった。「だから月曜の晩は飲みにいっていたんではないことを認めるより、殺人の罪をかぶったほうがましだと思ったんでしょう」

「ちょっと待って」とシャーリイが鋭い声でいった。「彼は月曜日の晩は映画に行ったとおっしゃいましたね、おかあさん、だからいつも真夜中近くに帰ってきたって——ちょうかしら？」

ど二本立ての映画の長さだって。でも殺人のあった晩は、一時三十分まで帰ってこなかったんですよ。ということは、けっきょく彼が人殺しをしたっていう証拠になるんじゃない

ママは笑った。「あたしの最後の質問、おぼえていないのね。あれがあたしの考えを立証してくれたのよ――近所の映画館では、《風と共に去りぬ》をやっていた。あの映画は、ふつうの二本立てより、一時間はたっぷり長くかかるの」

シャーリイはぺしゃんこになってひきさがった。

「さて」とママはいった、「メイン・コースは食べおわったわ。どなたかデザートを運んできてくださらない？　あたしはなにもやらなくていいらしいけど――」

「ぼくが運ぼう、ママ」とわたしはいって立ちあがり、台所のドアのほうへ行きかけた。だがシャーリイの声にひきとめられた。

「待って！」シャーリイは得意げにママのほうに向きなおった。「まだ事件の解決はしていただいてないわ。それでプトナム教授はほんとうは大酒飲みではなかった。だからといって殺人の犯人がだれかはわかりませんわね」

「わからない？」ママはひやかすように笑った。「とってもはっきりわかるじゃないの。プトナム教授は大酒飲みではなかった。これは事実だわね。だとしたら、いいこと、ハリイ・スローンのバーに閉店後に押しかけて、バーボンウイスキーの壜を半分もあけるなん

てことできるかしら？　だとしたらよ、いいこと、ハリイ・スローン夫婦が、この数年間、教授がちょくちょく店に出入りするのを見かけるわけがないじゃない？」

これを聞いてミルナー警部とわたしははっと顔をあげた。そして警部の顔に決然とした、厳しい表情がうかんだ。「スローン夫婦は嘘をついていたんですね？」と警部はいった。

「ほかに考えられるかしら？　そのスローンが、彼がダックリング学部長を殺したんです。動機は、あんたが話してくれたじゃないの。学部長は禁酒運動の旗頭だったって。大学の学生は飲酒まかりならぬという規則を通そうとしていたんでしょ。ということはよ、学生たちは、学部長に見つからないように、学校からうんとはなれたバーへ飲みに行くようになるわよね、あんたが話してくれたように、このスローンの商売の大半は、大学生が相手だった。とすると学部長は彼の商売をだめにしようとしていたことになる――近ごろじゃ、人を殺す動機としては十分だわね。とはいっても、あらかじめ仕組んだ犯行じゃないと思うわ。スローンが月曜日の晩たまたま通りに立っていると学部長が新聞を買いに通りかかった。スローンはおそらく少し酔っていて、酒壜を手にもっていたんでしょうね。学部長を呼びとめ、禁酒運動を思いとどまらせようとした、そしてとどのつまりは、かっとなって殺してしまった。それから店へとってかえして、かみさんに話をして――」

「そして次の晩」とわたしはうなるようにいった、「ぼくたちが行って、絶好の逃げ道をあたえてやったんだ。やつに彼の写真を見せ、犯行時刻に彼のアリバイがないことを話した――そこでスローン夫婦は、彼に不利な証言をすれば自分たちは安全だと思った」

「そしてまんまと切り抜けたでしょうな」とミルナー警部が真顔でいった。「もし、あなたが――」といいかけ、困惑と感嘆のあまりにちょっとうろたえて絶句した。シャーリイとわたしは例によって意味深長な視線をかわした。

ミルナー警部はすぐに席を立ってスローン夫婦を逮捕するようにと本署へ電話した。そしてわたしはキッチンへ行き、シャーリイのつくったケーキにろうそくをともした。三本のろうそく――一本はママのほんとうの齢のため、一本はママ公認の齢のため、そしてもう一本は幸運のため。それからわたしはケーキを捧げて部屋に入り、みんなが《ハッピー・バースデイ》を唱い、ママは上品に頬を染めた。

ケーキがママの前に置かれると、シャーリイとわたしは、お祈りをしてろうそくを吹き消してとさけんだ。

だがママはミルナー警部のほうをちらりと見て、ためらった。「あなた、まだなにか気になることがおありなのね？」とママはいった。

「すみません」と警部は顔をあげてニッコリと笑った。「あの哀れな老人のことがどうも気にかかるんですよ。娘は真実を知るだろうから、彼を残して嫁に行くでしょう。ひとりぼっちになったら、あの男はどうなるでしょう？」

ミルナー警部の声には、緊迫したようなひびきがあった。ママの返答は奇妙だった。彼の質問を完全に無視して、断固とした声でいったのである。「老人！　だれが老人なの？」

それからちょっと、いいすぎたかなとでもいうように、あわててケーキのほうに向きなおった。「まずお祈り、それから吹き消す」とママはいった。ママはしっかりと目をつぶった。一瞬唇が音もなく動いた。それから目を開き、ケーキの上にかがみこんで、ろうそくを吹き消した。

なにを祈ったのか、ママはいわなかった——とにかく、その晩は。

ママ、アリアを唱う

Mom Sings an Aria

ママの人生の最大の失望のひとつは、息子が音楽の天才ではないと判明したことである。ママは、子供のわたしに、二年ほどヴァイオリンを習わせた。一年後、わたしは《木の葉のささやき》という曲を弾いていた。二年目のおわり、わたしはまだ《木の葉のささやき》を弾いていた。かわいそうなママは、わたしがヤッシャ・ハイフェッツの再来ではないことを遂に認めざるをえず、わたしの音楽歴は、そこで終っている。

ママは昔から音楽マニアだった。少女時代に少しばかり声楽をやり、その声で身をたてたかったのかもしれない――そのかわりママは結婚し、ブロンクスに移り住み、そしてニューヨーク市警察の殺人課の未来の課長を育てることに専念した。だがいまだに、土曜日の午後、メトロポリタン・オペラのラジオ中継は欠かさず聴き、有名なアリアはぜんぶ、口ずさむことができる。そんなわけで――妻のシャーリイと、恒例の金曜日の晩餐に、ブロンクスへ出かけたとき——ママが、わたしの最近の事件に興味を示すことはわかってい たのだ。

「ママは、音楽ファンだよね」とわたしはいった。「だから、音楽のために殺人を犯すほど音楽を愛せるという気持は、ママにはわかるかもしれないな」

「そんなことがわからないとでも？」とママはいって、食べかけのロースト・チキンから顔をあげた。「なぜあんたのヴァイオリンをあきらめたか知ってるの？　あるとき、あんたのお稽古の最中に、先生のスタインバーグさんの顔をひょいと見たのよ——その先生の顔ときたら、人殺しの顔だったわね。人殺しの顔なんて、見たことはないけどさ！」

「まさか、ご冗談でしょ、おかあさん？」とシャーリイがいった。「ヴァイオリンが下手なぐらいで、その子を殺してやりたいと思うひとなんていませんわよ」

「あんたが大学で使った心理学のご本には、ぜったい書いてないような感情が、いくらでもあるのよ」とママはいった。「まあ、あたしの身内でも——ゴルディ伯母さんなんかは、窓のところにやってくる鳩が、死んだご亭主のジェイクだと思いこんで——」

ママは調子にのってしゃべりだしたが、なんともそれは奇妙な話だった。話がすむと、ママは二羽目のロースト・チキンを出したので、わたしは、やっと殺人事件に話をもどすことができた。

「メトロポリタン・オペラハウスの立ち見席の行列を見たことがあるかい？」とわたしは

訊いた。「開演の三十分前に、立ち見席の切符を、先着順に二ドル五十セントで売りだすんだよ。オペラ・ファンは何時間も前から切符売り場の前に行列を作るんだ。オペラのはじまる前に三時間立ちんぼうすると、オペラがはじまってから三時間立ちんぼうできるというわけさ！　まったく正気の沙汰じゃない」

「頭に耳がついていない連中が」とママはいった、「人さまを変人よばわりするのは慎んだほうがいいね」そしてわたしを睨みつけた。これにあうと、わたしはいつも、五歳の腕白坊主だった昔から、ずうっと五歳の腕白坊主だったような気分にさせられてしまう。

わたしは目をそらし、話の先をつづけた。「ところで、立ち見の行列には、シーズンちゅうほとんどぜんぶの演目を欠かさず聴くために、夜ごとあらわれる常連がいる。こういう常連はいつでも行列の先頭にかたまっている——だれよりも早くやってきて、だれよりも長い時間立ちんぼうをして、なかへ入ればまんなかのいちばんいい席に陣どる。彼らの多くは、何年もそれをやっているから、たがいに顔見知りになり、歌手のゴシップだの、唱いっぷりの評定だので時間をつぶす。いわば排他的な、ささやかな社交クラブを作っているというところだな——ただ集る場所が、クラブハウスと、メトの前の歩道というちがいだけだ。とにかく、これほど無害な頑固者の集りはないよね——およそ人殺しとはご縁のないグループだよ！」

「オペラ・ファンにだって、私生活はあるわよ」とママはいった。「美しい音楽に酔いしれたあとで——家に帰れば、仕事の悩み、愛情のもつれ、家族の心配が、ちゃんと待っている」

「そりゃそうだよ、ママ。立ち見の常連が、家に帰ってから、女房や姑や共同経営者を殺したというんなら、こりゃごくありふれた事件さ。だけどこんどの事件はね、立ち見の行列仲間を殺したんだよ」

ママは、目を細くしてわたしを見つめた——これはママの興味をひきつけたしるしである。

「常連のふたりのご老人、ファン・クラブの特別会員は、サム・コーエンとジュゼッペ・ダンジェロというんだ。コーエンは薬剤師で、西八十三番街でドラッグ・ストアを経営していた。十五年前、奥さんに先だたれてからは隠退して、甥に店の経営をまかせ、自分は、店の上の住居《すまい》で暮していた。隠退するとすぐに、オペラ通いがはじまり、シーズンちゅうはほとんど毎晩顔をだしていた。

ダンジェロはクイーンズで害虫駆除業を営んでいた——虫類、齧歯類のたぐい——彼もまた十五年前から隠居の身だ。奥さんは健在だが、音楽には無関心なので、オペラにはいつもひとりで行く習慣だった——コーエン同様、ほとんど毎晩ね。

ふたりの老人は、十五年前、立ち見の行列で顔見知りになってから、週に三度か四度はかならず顔を合せていた——もっともオペラ以外の場所では会ったことはない。こちらの知るかぎりでは、一杯飲むとか昼食をつきあうとか、家を訪問しあうようなことはいっさいなかったし、夏のシーズンオフのあいだは一度も顔を合せたことがなかった。

ふたりの生活にとってオペラは無上の愉しみだった。コーエンの母親は、ドイツで声楽の先生をしていたとかで、彼はオペラのアリアを聞きかじりでおぼえた——ダンジェロはパルマ生まれのパルマ育ちなんだ。あそこはイタリアでもいちばんオペラの盛んな土地なんだってね——」

「パルマのことなら本で読んだことがある」とママはいった。「あそこじゃテノールがちょっと音をはずそうものなら、町から追っぱらうんだってね」

「まあひどい！」とシャーリイがいった。「まったく非文明的だわ」

ママは肩をすくめる。「このニューヨークだって似たようなものだけど。ただここじゃ、音をはずすようなのはそういないかもしれない」

シャーリイの顔に憤激の色があらわれるのがわかった——妻にはママ独特のユーモアのセンスがなかなか理解できないのである。わたしはあわてて話をつづけた。

「さて、ふたりの老人はオペラを愛していたが、意見はいつも正反対だった。だから十五年間、ふたりは口論のしつづけだったのさ。コーエンがあるソプラノを好きだといえば、ダンジェロはあんなのはまっぴらごめんだという。ダンジェロが一九二〇年に、カルーソーのアイーダを聴いたといえば、コーエンは、カルーソーは一九二三年までは、アイーダを唱ったことはないといいはるといった調子さ。ふたりの口論たるや、決してお上品とはいえなかったらしいよ。両の腕をふりまわして、あらんかぎりの悪態を浴びせあった。〝うそつき〟とか〝あほ〟なんていうのはおとなしいほうなんだ。喧嘩は激しいが決してあとはひかなかった――次の幕までとか、その晩わかれるまでには、いつも仲直りしているんだね――」

「人殺しがあるまではね？」とママがいった。

「じきに、そこにいくからね、ママ。もう少し情況を説明しておかないと。立ち見の常連の話によると、コーエンとダンジェロの口論は近年はとみに激しさを加えていたそうなんだ。全世界のオペラ・ファンのあいだで議論沸騰している論争が、ふたりの仲を悪化させていた。現存のソプラノでもっとも偉大なのはだれか――マリア・カラスかレナータ・テバルディか？」

ママはフォークをぽろりとおとし、両手を胸の前で握りしめた。面には、音楽のお話のためにとくにとってある恍惚とした、ういういしい表情がうかんだ。「カラス！　テバルディ！　天使の声だわ、ふたりとも！　カラスの――あの火のような、あの情熱！　テバルディの――あの美しさ、あの愁い！　どっちが最高かきめるなんて――ヌードル・スープとボルシチと、どっちがおいしいかきめるようなものよ！」

「だけどコーエンとダンジェロはきめたんだよ」とわたしはいった。「ダンジェロはある日こう宣言した、テバルディはかぐわしい、カラスの声はおんどりだ――すぐさまコーエンがやり返した、カラスは神々しい、テバルディの歌はひびの入ったレコードだ。この論争は年を追うごとに白熱していった。

一週間前、とうとうクライマックスに達した。カラスが椿姫を唱うんで、立ち見の行列は、ふだんより早く並びはじめた。コーエンもダンジェロも、もちろん、頭のほうに並んでいた。コーエンはひどい風邪をひいて――待つあいだも、くしゃみばかりしていた――だが彼は、肺炎の上にまた肺炎になったって、カラスの椿姫は聴きのがせないというんだな。次にダンジェロのいうことにはだ、カラスのへたくそ椿姫を聴かずにすめば、一生幸せに暮せる――今晩ここにやってきたのは、テノールのリチャード・タッカーを聴くためだと」

「あのリチャード・タッカー！」ママはもっとも母性的な笑みを満面にうかべた、「すばらしい坊や――学校《シュール》でも歌劇場にいるときのようによくできたんだろうね。お母さんはさぞかし鼻が高かろうねえ！」ここでママはじろりと、わたしに流し目を送ってよこしたが、その目は《木の葉のささやき》の一件は、決して容赦しちゃいないよといっていた。

「立ち見の行列の待ち時間は長いので」とわたしは言葉をついだ。「コーエンとダンジェロが大論争を闘かわせる時間も、たっぷりとあったわけだ。ホッホヴェンダー夫人――ドイツ生まれで、かつてはコンサート・ピアニストだったんだが、いまはピアノの教師をしていて、立ち見の常連なんだ――彼女の証言では、コーエンとダンジェロは、これまでにないほどすさまじい剣幕で罵倒しあっていたそうでね。切符売り場が開くのがもう一時間おそかったら、まちがいなく摸りあいになっていたっていうんだよ。

ところが、幕があがっても、ふたりの喧嘩はおさまらなかった。ふだんならオペラがはじまると、もう歌に夢中で、いがみあいをしていたことなんかけろりと忘れてしまうんだが――その晩は、第一幕がおりたとたんに、コーエンはダンジェロの腕をつかんで、おまえはカラスのさわりのアリアのあとで、わざとうなり声をだしたといってくってかかった。「おれの大事な夜をだいなしにしやがって！」とコーエンはわめいた。ダンジェロが否定しようが、耳なんかかすものか。「おれだって黙っちゃいないぞ。まあ見てろ、こんどテバルディが唱うときは！」と彼はいった」

「そして次にテバルディが唱ったときが」とママはいった、「殺人の晩なのね？」

「そのとおり。三日前テバルディはトスカを唱って――」

「トスカ！」ママの顔がぱっと輝いた。「ほんとうに美しいオペラ！　ほんとうに哀しい物語！　あの娘は、若い美男子の芸術家に首ったけ、ところが悪党が横恋慕してさ、娘をむりやりなびかそうとしてねえ、思いあまった娘はとうとうその男を刺し殺しちゃうの。考えてみると、オペラのその悪党は、警察官だわねえ」

わたしはまじまじとママの顔を見たが、別にあてこすりでもなさそうだった。

「オペラの筋書きなんて、みんなばかばかしいんじゃありません？」とシャーリイがいった。「仰々しくて、非現実的で」

「非現実的だって！」ママはきっとシャーリイに向きなおった。「いまこの建物で起っているいろんなことを、少しでもあんたが知ったらねえ。管理人のポリチェックは、あんた、奥さんが頼んでいるベビイ・シッターに目をつけていたのよ」

またもや世にも不思議な物語が、ママの口から流れだした。やがてわたしは話の先をつづけた。「とにかく、トスカ上演の前日は、ダンジェロは朝からいてもたってもいられなかった、コーエンがテバルディの歌をめちゃめちゃにするような真似をしでかすんじゃないかと思ってね。心配のあまり、前の晩にコーエンに電話をかけて、変な真似はしないでくれと頼んだ」

「で、コーエンはなんといったの？」

「電話のあったとき、ちょうど彼の甥がそばにいた。帳簿を調べていたので、伯父さんがなにをしゃべっていたか、聞いてもいなかった――でもひとことだけはっきり耳にとびこんだ。コーエンはこうどなっていたそうだよ、『説き伏せようたってだめだ！　テバルディがあのアリアで、あの高いツェーを出しやがったら、ブーブーやってやるぞ！』」

ママは頭をふった。「ひどいことを――教養ある人間にむかってなんという脅し文句を！　それでダンジェロは、コーエンがそういったことを認めているの？」

「まあ、イエスともノウともいえない。電話のやりとりは、はじめのうちは両方がわめくばかりで、相手のいうことなんか聞いていなかったとダンジェロはいうんだ。だがしまいには――と、まあ、ダンジェロは主張するんだが――コーエンも落ちついて、テバルディに無事アリアを唱わせると約束したんだそうだよ」

「コーエンの甥は、それを否定しているの？」

「そこがあいまいでね。コーエンがまだ電話で話しているあいだに部屋を出ちゃったから――チェックしなけりゃならない売上伝票があってね――話の結着は聞いていない。だから、伯父さんは、しまいには気がしずまって、あるいはそういう約束をしたかもしれない、としか彼にはいえないのさ」

「それで、ダンジェロのほうはどうなの？　だれかそばにいなかったの？」

「奥さんがいた。主人はたしかにそういう約束をコーエンとした、といいきっている。しかしなにしろ奥さんだからね、主人をかばうのが人情でしょ。その上、耳が遠い――補聴器をつける気はないし――なんの役にもたたない婆さんだよ。そんなわけで、せんじつめれば、こちらの手もとには、コーエンは、そんな脅しを実行にうつす気はなかったというダンジェロの申し立て以外には、なんの証拠もないわけなんだ」

「それで」とママがいった、「テバルディがトスカを唱う晩になるのね？」

「コーエンとダンジェロは、その晩は早くから立ち見の行列に並んだ。ホッホヴェンダー夫人の証言では、ふたりはていねいな挨拶を交わしたが、待っているあいだ、ほとんどひところも口をきかなかったそうだ。いさかいもなし、意見の対立もなし——平穏無事だった。彼女のこの証言は、そこにいたもうひとりの常連、ミス・フィービ・ヴァン・ビューリーズによって確認されている。七十になる老婦人でね、いつも黒い服を着ているんだ。ミス・ヴァン・ビューリーズは、ニューヨークの富豪の出で、若いころは、オペラ座に特別席があったが——十年か十二年前に金が尽きると、東二十番街の安ホテルに移って、ひとり暮しをしながら、週に二度は、立ち見の行列に並ぶんだ。見たところ、なよなよしていて、五時間どころか、五分も立っていられるとは思えないが——オペラを愛するあまり、それをやってのけるんだよ」

「愛のためなら」とママはいった、「奇蹟も行なえるのよ——」

「さて、ミス・ヴァン・ビューリーズとフラウ・ホッホヴェンダーは口をそろえて、あの晩、コーエンとダンジェロは、いつになく、牽制しあっていたというんだ。ということは、つまりふたりは、まだたがいに腹をたてていて、ダンジェロの陳述のように、電話で仲直りをしたというのは嘘だという証拠に——」

「その反対の証拠になるかもしれない」とママはいった。「ふたりは電話で仲直りしていた、だからまた喧嘩をはじめてはたいへんだと、意見はいうまいと口をつぐんでいたのかもしれないわね」

「それがどんな証拠になるにせよだね、ママ。事件はおきたんだ。立ち見の常連のあいだでは、寒い晩には、だれかひとりが近くのカフェテリアへ行って、みんなに熱いコーヒーを買ってくるのが習慣になっていた——そのあいだ、そいつの場所は、みんなが確保しておく。テバルディのトスカの晩は、ひどい寒さで、ちょうどダンジェロが、コーヒーを買いにいく番だった。

彼は切符売り場が開く四十五分前ごろに出かけていって、十五分か二十分後に戻ってきた。コーヒーを入れた紙コップを四つもっていた。そのうち三つは、クリームと砂糖入り、これはフラウ・ホッホヴェンダーとミス・ヴァン・ビューリーズと、それにダンジェロ自身が飲むやつだった。残りのひとつは砂糖ぬきのブラック——コーエンはいつもこれにきめていた。

そこでみんなはコーヒーを飲んだ、コーヒーが冷めないように背中で風を防ぎながら——それから三十分もすると、劇場の扉が開いた。彼らは切符を買い、場内に入って、みんなして、うしろのほうのまんなかのいつもの場所に陣どった。

八時きっかりにオペラがはじまった。テバルディの声はすばらしく、聴衆はその声に酔いしれた。第一幕が終ると、立ち見席の常連はみんな、彼女を賞めそやした——ただしコーエンを除いてだ。彼はうなっただけで、なにもいわなかった。フラウ・ホッホヴェンダーとミス・ヴァン・ビューリーズの証言によると、このときコーエンは青い顔で気分が悪そうだった。

「二幕目のアリアがすむまでがまんしろよ」とダンジェロがいった。「うまく唱ってくれりゃあいいがね」とコーエンがいった――フラウ・ホッホヴェンダーは、コーエンの声には、たしかに脅迫するようなひびきがあったといった。ミス・ヴァン・ビューリーズは、別に変ったところはなかったといっている。――彼女の耳には、ごくふつうに聞こえたそうだ。それから第二幕がはじまった、これからいよいよテバルディのさわりのアリアというときに――」

「あの美しいアリア！」とママはいった。「歌に生き恋に生き《ヴィッシイ・ダルテ》。これ、イタリア語よ、娘は、悪いおまわりに切々と訴えるの、あたしは、一生、恋と歌だけを求めつづけてきた、あたしはだれも傷つけたくはないのです、と。その少しあとで、娘はそのおまわりを刺してしまう」そしてママはちょっと震えているが、まあ美しいといってもよい声で低く唱いだした――「ヴィッシイ・ダルテ、ヴィッシイ・ダモーレ――」ママはふと口をつぐむと、わたしでもめったに見たことがないようなことをした。ママは顔を赤らめたのである。

　しばし沈黙があった。そのあいだシャーリイとわたしは視線を合わせないようにするのに苦労した。やがてわたしは口を開いた。「あと数分で、テバルディのアリアがはじまるというとき、とつぜんコーエンがうめき声をあげるとフラウ・ホッホヴェンダーの腕にすがりついて、「気分が悪い――」といった。それから、喉を締めつけられるような声をだしたかと思うと、鉛のおもりみたいにばったり倒れた。

だれかが医者を呼びにいった。ダンジェロは、コーエンのかたわらにしゃがみこんで、「コーエン、コーエン、どうした?」といった。するとコーエンは、両目をダンジェロの顔にひたとあてて、こういった、「悪いやつだ! こんなことをしたやつは、くたばるがいい!」彼はまさしくそういったんだよ、ママ。半ダースばかりの人間が、この言葉を聞いていた。

そこへふたりの案内係と医者がやってくる、彼らはコーエンをロビイへ運びだす――ダンジェロとフラウ・ホッホヴェンダーとミス・ヴァン・ビューリーズの三人はあとからついていく。まもなく救急車がやってきたが、病院へ着かないうちにコーエンは死んだ。はじめ医者たちは、心臓麻痺だと思った、ところが手順どおりの解剖の結果――胃のなかから、彼より、年齢は半分、体力は倍の若者でもゆうに殺せるだけの毒物が検出された。彼が飲んだ分量なら、反応があらわれるのは二、三時間後だという――とすると彼は、それを立ち見の行列に並んでいるあいだに飲んだことになる。ところで、彼が飲んだのは熱いブラックコーヒーだけ、それ以外のものを飲んでいるところを見た人間はひとりもいないんだよ」

「それで医者が、胃の内容物を調べると?」

「昼めしの残りが見つかった、でもそれには毒物が含まれているはずはない。さもなきゃ、オペラ座へ行く前に死んでいるはずだからね――それからコーヒーが見つかった――彼らが発見したのはそれでぜんぶだ。だから彼を殺したのが、コーヒーであることはたしかだ」

「そして、ダンジェロという老人が！　彼にコーヒーをあたえた人間なんだから、とうぜん、彼が犯人である、とあんたは考える」

「ほかにどんな考えようがある、ママ？　ダンジェロは、カフェテリアで買ったコーヒーを、オペラ座の前にいるコーエンに渡すまでの約五分は、ひとりだったんだよ。だれも彼を見ているものはいない——コーヒーのなかになんだって入れられた。ほかにそんな機会があった人間はいない。コーエンは、ダンジェロからコーヒーを受けとると、背中で風をふせぎながら、すぐに飲んでしまったんだからね。毒を入れることができたのは、ダンジェロただひとりじゃないか」

「コーヒーを渡したカフェテリアの店員はどう？」

「そりゃおかしいよ、ママ。カフェテリアの店員は、そのコーヒーがどこのだれに行くのか知りようがないんだから。毒を盛ろうという相手がだれでもかまわないというんなら、こりゃ完全に頭がおかしい。しかしいちおう洗ってはみたよ。彼はコーヒーを大きなコーヒーわかしから、じかにコップへ注いでいる——二十人あまりの人間が、同じそのコーヒーわかしのコーヒーを飲んでいるんだ。そして一ダースあまりの目撃者の目の前で、彼はコップにコーヒー以外はなにも入れずに、ダンジェロに渡している——砂糖も入れずにだ。

コーエンは、砂糖はぜったいに入れなかったんだ。そこでまたわれわれはダンジェロにもどる。彼が、犯人であるはずなんだ」

「それで、彼はどこで手に入れたの、その毒薬を？　あたしの思いちがいじゃなければ、そういう薬は、その辺のスーパーマーケットじゃ買えないんじゃないの？」

「そうだよ、もちろん毒薬を一般のひとに売るのは違法だ。しかしね、ママ、驚くだろうが、ああいうものを手に入れるのは、実に簡単なんだよ。コーエンを殺したやつは、市販の合成物でね――ペンキをまぜるのに使ったり、冶金や、ある種の薬剤や、殺虫剤に使われたりしているんだ。普通の殺鼠剤の丸薬にも使われていることがある。殺鼠剤なんか、その辺の金物屋でいくらでも買えるからね――毎年、何十人という子供が、こいつを誤って飲んでいるんだ。ここで思いだしてもらいたいのは、ダンジェロは、むかし害虫駆除業をやっていたということだよ――毒物の入手先にはくわしいはずだし、毒薬を手にいれるのも、たいていの者よりはるかに容易なんだ」

「それで、あんた、彼を殺人容疑で逮捕したの！」とママはいった。

わたしは吐息をついた。「それが、まだなんだ」

「おや、どうして？　なにをためらってるの？」

「動機の点なんだよ、ママ。ダンジェロとコーエンは、立ち見の行列のそとでは、まるっきり交渉がないんだ。コーエンは、ダンジェロに遺産をのこしているわけじゃなし、ダンジェロの奥さんといい仲になっているわけでもない、ダンジェロの過去の暗い秘密をかぎつけたふしもない。ダンジェロがコーエンを殺害する動機は、ただひとつ――レナータ・テバルディの歌のあとで、彼がブーブーはやすのを止めさせることだよ。そのために彼は殺人を犯した。ぼくはじっさいそう確信している、殺人課の連中もみんなそう信じている。地方検事局もしかりだ――だが、彼を逮捕させてはくれないんだ」

「それはなぜなの？」

「だってさ、そんな動機を陪審に納得させられるとは、だれも信じないからさ。陪審員というのは、ごくあたりまえの平凡な人間だろう？　オペラなんかには行かない。あんなものはくだらないと思っている。――でぶの女とでぶの男が、外国語でわめきあっている。連中には同情するな――ぼくだってそう思うもの。地方検事が、陪審員の前で、こう論告する、「被告は某オペラ歌手の声に惚れこんでいたために、被告と意見を異にする人物を殺害するにいたったのであります！」陪審員は、検事の目の前で、大笑いするだろうね」

わたしは、いっそう深い吐息をついた。「一分の隙もない事件だ、完璧な情況だ。疑わしい人物はほかにいない。被害者は死にぎわになじった――「悪いやつだ！　こんなことをしたやつは、くたばるがいい！」それなのにわれわれは殺人者を告訴することができないんだ」

ママはしばし無言だった。目はほとんど閉じられ、口はひき結ばれている。この表情は、よく知っている――ママの〝考えている〟顔である。そこから、いつもなにかが生まれてくるのだ。

ようやくママは顔をあげ、うなずいた。「陪審員のみなさんにお礼をいわなくちゃ！」

「どういう意味なんだい、ママ？」

「つまりね、陪審員が、常識ある平凡な人間じゃなかったら、あんたたち専門家が、だれを刑務所に送りこむか、わかったもんじゃないという意味」

「ママ、すると、ママは、ダンジェロが犯人じゃ――」

「まだなにもいってないわよ。まだね。まず、訊きたいことがあるのよ、四つの質問」

ママが質問をだすときは、すでに、ママがなにかを嗅ぎつけ、わたしの事件を解きあかす鍵をわたす用意ができたということなのだ。

わたしの気持は、例によって複雑だった。一方では、わたしはほかのだれよりもママに敬意をはらっている――ブロンクスに住む友人や隣り近所のひとたちから得た、人間性に関するママの深い造詣、その造詣を、わたしがときどきもちこむ犯罪に適用する際の、ママの頭の鋭い切れあじ。

他方では――おのれの本職に関して、母親のほうが天分があることを知って、有頂天になる男がいるだろうか？　わたしが、捜査課では、ママの才能についてひとことも触れないでいるのは、そのためである――もっともわたしの直轄の上司であるミルナー警部は例外だ。彼は男やもめであり、シャーリイとわたしは、ママと彼のあいだをとりもとうと躍起になっている。

そんなわけで、ママに答えるわたしの声は、いつもより熱のない調子になっていたと思う。「ああ、どうぞ。なんだい、四つの質問とは」

「その前にまず、ピーチパイをもってこようね」とママはいった。

汚れた皿が片づけられ、新しい皿が並べられるのを、わたしたちは待った。やがてママのピーチパイの香わしい匂いが部屋にたちこめた。ひとくち食べると、わたしの気力はよみがえった。「質問ってなんだい、ママ？」

彼女は指を一本あげた。「第一問、コーエンは、殺される一週間前、つまり、マリア・カラスが椿姫を唱った晩に風邪をひいた、といったわね。では、三日前、テバルディがトスカを唱った晩も、その風邪がぬけないでいたの？」

いいかげんママのこういう質問にも慣れていいはずだった。決して見かけほど唐突な質問ではないことを信じてよいはずだった。だが、いまもって、わたしは、自分の声音から、当惑のひびきを消しさることができないでいる。

「ああ、たしかに、コーエンは、殺された晩、風邪をひいていたよ。フラウ・ホッホヴェンダーとミス・ヴァン・ビューリーズのふたりがそういっていた――コーエンは、行列に並んでいるあいだ、さかんにくしゃみをしていたし、公演の最中にも二、三回、はくしょん、やったそうだ、いっしょうけんめいこらえていたらしいけどね」

これがママの望んでいた答えなのかどうか、ママの表情からは推察できなかった。ママはまた指を上げた。「第二問、オペラのはねたあと、立ち見の常連たちは、すぐに別れてしまう習慣なの――それとも、おやすみをいう前に、どこかでおしゃべりをしていくの？」

「いつも近くのカフェテリアへ寄っていく――ダンジェロが、コーエンのコーヒーを買った、あのカフェテリアだ――テーブルをかこんで一時間ほど、聴いたばかりの歌の評定をやるんだ、コーヒーを飲んだり、ドーナツやデニッシュペストリーを食いながらね」

ママはうなずいて、また指を立てた。「第三問、病院で、あんた、もちろん、コーエンの服のポケットのなかを調べただろうね？　封筒みたいなものはなかったの――なんにも入っていない、からっぽの封筒は？」

この質問には、わたしは思わず飛びあがりそうになった。

「封筒はあったよ、ママ。ふつうサイズの封筒だよ――封もせず、宛名も書いてない、切手もはってないやつだ。だけど、どうして、ママはそれを――」

ママの四度目の指が空中につきだされた。「第四問、レナータ・テバルディは、このシーズンちゅう、あと何回トスカを唱うことになってるの？」

「あれが、テバルディの最初にして最後、本シーズン唯一のトスカだよ」とわたしはいった。「オペラ座の前のポスターにそう書いてあった。だけど、わからないな、そんなことがなにと──」

「わからないの」とママはいった。「そうだろうね。あんたも、近ごろの若いもんとかわらない。たいそう科学的だから。あんたには、事実しか見えない。ダンジェロが、コーエンのコーヒーに近づくことのできた唯一の人物である──ゆえにダンジェロが、毒をいれたにちがいない。事実しか、あんたたちのお目々には見えないの。だけど人間のほうはどうなの。ダンジェロとは何者か──コーエンとは──いかなるタイプの人物か？　そういうことは考えないんだからねえ。まあ、あんたたちには、ジュリアス伯父さんとワールド・シリーズの話なんか、わかりっこないだろう」

「ちょっと、ママ、ジュリアス伯父さんなんていうのがいたなんて知らなかった──」

「もう、いやしないわよ。そこが、この話の肝心なところよ。伯父さんは、死ぬまで、ニューヨーク・ヤンキースのファンだった。夢中で応援はする、金は賭ける、ヤンキースがワールド・シリーズに出場すれば、かならず見にいっていたのよ。二年前、ワールド・シリーズの最中に、心臓の発作をおこして入院するまでは。「テレビでヤンキースを見るんだ」と伯父さんはいった。「興奮すると心臓にさわる、死んでも知らないよ」と医者はいう。だけどジュリアス伯父さんはとうとうがんばりとおして、テレビでワールド・シリーズを見たのよ。伯父さんが毎晩テレビを見れば、お医者は毎晩こういう。「明日の朝まで、もたないぞ」するとジュリアス伯父さんは、「わしゃ、ワールド・シリーズの結果がわかるまでは、ぜったい死なんぞ」というのさ。そしてとうとうニューヨーク・ヤンキースの優勝がきまった——その一時間後に、ジュリアス伯父さんは、安らかに息をひきとったの」

ママは話をやめ、シャーリイとわたしの顔を見くらべた。それからかぶりをふりふり、こういった。「わからないかねえ! 自分でもない、家族でもないものに血道をあげている人間——たとえば、ニューヨーク・ヤンキースとか、レナータ・テバルディとかに熱をあげている連中はね、その熱たるや、個人的な悩みごととか、野望なんかより、はるかにはげしいものなのよ。ワールド・シリーズの最中は、なにものも邪魔だてはさせない、たとえ死神であろうとも。オペラの最中には、なにものにも邪魔だてはさせない——たとえ殺人であろうとも」

ママがいおうとしていることが、ようやく見えてきた。

「ダンジェロのことをいっているんだね、ママ?」

「ほかにだれがいるの? レナータ・テバルディは、本年ただ一度のトスカを唱うはずだったのよ。そしてダンジェロにとって、レナータ・テバルディは、もっとも偉大なる歌手なんでしょ。まあ、彼なら、ぜったいに、たとえ百万年先でもぜったいに、あの夜のテバルディの歌を聴きのがしっこはないね、歌のとちゅうで、外にでなくちゃならないようなことはしないわよ。そりゃね、胸のなかじゃ、コーエンを殺してやりたいと思っていたといってもね。だけど、たとえ、殺すにしても、テバルディのトスカの最中だけは、ぜったいに避けるわね。今年ただ一度のトスカ！　それにさ、オペラがはねてから、立ち見の仲間たちとカフェテリアにコーヒーを飲みに入るまで待つぐらい平気よ——それからコーエンに毒を盛るぐらい、簡単だわね」

「でもね、ママ、そりゃ心理学的にいっても、ちょっと無理じゃないか？　並みの人間なら、これから殺しをしようというときに、オペラをしまいまで聴いていられるかねえ？」

「おやまあ、デイビイ——あたしたちは、並みの人間の心理のお話をしているんじゃないんだよ。オペラ・ファンの心理について話しているのよ。そんなふうだから、あんたも、殺人課の連中も、地方検事も、この事件に手がでないんじゃないの。オペラ・ファンの心理がわからないんだからねえ。あの連中は、この世界に住んでるんじゃないんだから——連中には、連中の世界があるの。あの連中の頭のなかでは、ほかの人間が夢にも思いつかないようなことが、進行しているのよ。この事件を解くには、まず、オペラ・ファンの気持になって考えなければね」

「この事件を解くためにだよ、ママ、根本的な疑問に答えてくれないか。ダンジェロがコーヒーのなかに毒を入れなかったとしたら、いったいだれが入れられたか？」

「コーヒーに毒が入っていたなんて、だれがいった？」

「だって解剖の話をしただろう。あの毒が効いてくるには二時間から三時間かかるんだよ。コーエンの胃の内容物は——」

「胃の内容物！　あんたね、そんなものより、コーエンのポケットの内容物に興味を示したらどうなの！」

「ポケットに怪しいものなんか——」

「からっぽの封もしてない封筒を、なんでポケットのなかに入れておいたのかしら？　宛名もない、切手もはってない封筒をよ？　それはね、入れたときには、からじゃなかったからよ。なにかが入っていたのよ、その晩あとで必要になるものがね——コーエンが、最後に封筒からそれをだして——」

「なんのことをいっているんだい、ママ？」

「コーエンの風邪のことよ。あたりまえの人間なら、風邪ぐらいひいていたって、オペラへいくのをためらったりはしない。ちょっとばかりくしゃみがでたって、どうだっていうの？　たかが音楽じゃないか、ってね。だけどオペラ・ファンにとって、公演の最中に、歌手と張りあってくしゃみをするなんて、ほかのひとには大迷惑よ——まあ、犯罪よりも悪いわね。コーエンみたいなファンなら、くしゃみを抑えるためには、あらゆる手をうったはずだわね。

ということはよ、コーエンは、オペラ座へ行くために、家を出る前に封筒のなかになにかを入れたのよ。錠剤ね、きっと。ほらこのごろ、お医者さまがよく使う風邪薬、鼻の粘膜をかわかして、五、六時間、くしゃみがでないようにする薬があるじゃないの。あんたが、ポケットのなかの封筒を見つけたとき、なぜかい、らだったの？　それはね、開場の三十分前に、コーエンが、なかの薬を、コーヒーで飲んでしまったからよ」

「だって、そんな錠剤を飲んでいるのを見たものはいないんだよ、ママ」

「どうして、だれかが見ていなくちゃならないの？　あんた、さっき、自分でいってたけど、コーエンは、コーヒーを飲むとき、紙コップに風があたらないように、みんなに背中を向けていたというじゃないの」

わたしは、まちがいなく、動揺しはじめた。しかし、そこへシャーリイが、甘えたような声で、くちばしをいれた。彼女は、ママより自分のほうがうわ手だと思うときには、いつもこういう声を出すのである。「でも、事実が、おかあさんの推理を裏づけてはいない、ようだわ。証人たちの話では、コーエンさんは、オペラがはじまっても、くしゃみをしていたそうですわ。おかあさんのおっしゃるように、ほんとうに風邪薬を飲んでいたとすれば、なぜくしゃみに効かなかったんでしょう？」

ママの目がきらりと光った。わたしは、ママが反撃に出ようとしているのがわかった。シャーリイは、いつになってもそれがわからない。

わたしは、妻の感情を傷つけないために、ママが口を開かないうちに、大急ぎで口をはさんだ。「それこそ、ママの推理を裏づけているんだと思うよ、きみ。風邪薬が効かなかったのは、それが風邪薬ではなかったからさ。外見は、風邪薬みたいでも、実は毒薬だったんだよ」

「あたしは、やっぱり、ぼんくらは産まなかったのねえ」ママは、にこにこと満足そうに笑った。「じゃあ、もう答えは簡単ね。もしコーエンが、毒薬をポケットにいれてもち歩いていたとしたら、どこでそれを手に入れたか？　だれが彼にそれをあたえたか？　なぜ彼は、それが風邪薬だと思いこんでいたのか？　きっとだれかが、風邪薬だといって彼にわたしたのね。その人物は、個人的にも、職業的にも信用のできる人物だった。その人間のところへ行って、彼はこういった、「ほら、近ごろできた、あのすごい新薬をおくれ、オペラのあいだ、くしゃみがでないようにするんだから――」」

「甥か！」わたしはママをさえぎった。「そうか、ママ、そうにちがいない。コーエンの甥は、薬剤師なんだ――彼は、コーエンが所有していたドラッグ・ストアをまかされている。あの男なら、あらゆる種類の毒物が手に入るし、風邪薬に見せかけた錠剤を作るぐらいはお手のものだ。それにだよ、彼は、コーエンのたったひとりの身内なんだ。コーエンの店と、コーエンの貯えを相続する唯一の人間なんだ」

ママは両手をひろげた。「さあ、これでいいわね。あんただって、もっとも平凡にして古風なる殺人の動機なら、訊かないでもわかるでしょ。どんな陪審員だって、これなら納得いくわねえ？　オペラにはぜんぜん関係がないもの」

「だけど、ママははじめから、コーエンの甥を疑っていたんだな。さもなきゃ、からの封筒のことなんか訊くはずがない」

「そりゃそうよ。あの甥っ子は嘘をついているんだもの」

「嘘？」

「トスカの前の晩、ダンジェロはコーエンに電話をかけて仲直りをしようとしたわね。ところが、甥の話じゃ、コーエンは、ダンジェロを、こういって脅していたそうじゃない。『テバルディが、高いツェーの音を出したら、ブーブーやってやるぞ！』まったくひどい脅迫だけれど――コーエンが、そんなことをいうはずがないのよ」

「どうしてそんなことが――」

「だって、コーエンはオペラ・ファンだもの。高いツェーの音っていうのはね――テノールの声域なのよ。それが、テノールの高音の限界なのよ。だからテノールがその音を出したときは、みんな、ぞくぞくしちゃって、なんとすばらしい歌手だろうと賞めそやすわけ。だけどソプラノには、高いツェーなんてなんでもないの。まだまだ高い音が出せるんだから。高いほうのエーかエーのシャープが、ソプラノのいちばん高い音よ。トスカのヴィッシイ・ダルテで、高いツェーしか出せないソプラノなんて、しろうとだわよ。オペラに関して無知な人間は――つまりコーエンの甥みたいな連中は、高いツェーぐらいしか聞いたことがないのよ。だけどね、コーエンみたいなオペラ・ファンは——ぜったい、そんな間違いはしないものよ。ちょっと失礼、コーヒーをもってくるわ」

ママは立ちあがった。するとシャーリイが大声をあげた、「ちょっと、お待ちになって、おかあさん。甥が殺したのだとしたら、コーエンは、なぜダンジェロをなじったのかしら？」

「コーエンが、いつダンジェロをなじったの？」

「死にぎわの言葉ですよ。ダンジェロの顔を見てこういった、『悪ものめ！　こんなことをしたやつは、くたばるがいい』」

「コーエンは、ダンジェロの顔を見た——だけど、コーエンの目に映っていたのが、ダンジェロだって、どうしてわかるの？　コーエンは、はげしい苦痛と衰弱のために譫妄《せんもう》状態におちいっていた。その彼の目に映ったのは、断じてダンジェロじゃない。彼はあたしたちの住んでいるこの世界を見てたんじゃないのよ。倒れる直前まで見ていた世界、彼にとってはなにものにもかえがたい世界、つまり、オペラの世界を見ていたの、そうにきまってるわ。毒の効き目があらわれる直前に、舞台でいったいなにがおこっていたと思う？　悪漢が、美しいヒロインにいいよっていた、彼女は身を守ろうと必死だった。やがて彼女は悪漢を殺そうとする——そしてコーエンは目の前の悪漢を見て、そいつにむかって叫んだ、『悪ものめ！　そんなことをするやつは、くたばるがいい』」

ママはふと黙りこんだ。が、やがて小声でつぶやいた、「オペラ・ファンというのは、いつまでもオペラ・ファンなのよ——死ぬまでね」

ママはキッチンへコーヒーをとりにいき、わたしは殺人課に電話をかけに立った。テーブルに戻ってみると、ママはもう腰をおろしていて、コーヒーが注がれていた。ママはコーヒーをひとくちすすると、小さな吐息をついた。

「かわいそうなコーエン——あんなひどい死に方をするなんて！」

「毒殺というのは、かなり苦しいもんらしいよ」とわたしはいった。

「毒殺？」ママは目をぱちぱちさせてわたしを見つめた。「ああ、そりゃそうだろうね。でも、それよりもっと哀れなのはね——あの気の毒なおじいさん、十五分ばかり死ぬのが早すぎたのよ。だってテバルディのヴィッシイ・ダルテをとうとう聴けなかったんだもの」

そういうと、ママは小声で唱いはじめた。

ママと呪いのミンク・コート
Mom and the Haunted Mink

「あたしにいわせれば」とママはいった、「ミンクは過大評価されているわね。あたしは長年着ているけど、とにかく――」

「そうおっしゃるけど、おかあさん」と妻のシャーリイが口をはさんだ、「ここの家族になってから七年になりますけど、おかあさんがミンクをお召しになったところなんて見たことありませんわよ。第一もっていらっしゃらないのに――」

「わかったわ、あんたと議論するつもりはないの」とママはいった。「あたしがミンクを着たことがないって、あんたがいうんなら――年のせいで頭がへんてこ《メシュガネル》になったって、あんたがいうんなら――きっとそうなんでしょ。ところで、バッサー大学を卒業したのは、どちらでしたっけ?」ママはそういいすてると、ヌードル・スープを飲み、ためいきをついて、「うちで作るようなわけにはいかないわねえ」といった。

はなはだ異例の金曜日だった。ママの家のガスレンジが修理中で、ママはブロンクスでシャーリイとわたしに夕食をご馳走するわけにいかなくなった。そこでわれわれは、ママを、タイムズ・スクエアの近くのフィンガーフッドという清浄食品《コーシャ》を扱う特別な店へ案内したのである。

この店の常連は、尖端的なブロードウェイ族と中産階級の年輩どころが半々である。ママは周囲の客を観察していたが、その目は、肉をはかっている肉屋の手もとを見つめているときの食いつくような目だった。隅のテーブルに男女のふたり連れがいた——五十がらみの小柄な禿頭の男と、二十そこそこのすらりとしたブロンドで、毛皮にうずまっていた——ママがミンクといいだしたのは、このためである。

例によってシャーリイは、ママの言葉を聞きながしてはおけなかった。ママに挑戦すること七年、いまだにシャーリイは、相手が段ちがいにうわ手だという事実を認めようとはしない。だからわたしは——ママがミンクを着たという記憶は、わたしにもなかったが——あわてて話をそらしたのである、「ミンクといえば、先週、奇妙な殺人事件があってね」

ママの目がきらりと光った。殺人課の事件と聞けば、ちょっとした無礼など、たちまちけろりと忘れてしまう。

「じゃあ、その話をしてくれるのね」

わたしはすぐさま話しだした。「このローラ・マクロスキイ夫人は、アルフレッド・マクロスキイ博士の奥さんで——博士は、時代おくれの医師、消えゆく種属のひとりだね。夫妻は、ウエストサイドにある褐色砂岩の三階建ての家に長らく住んできた、博士が一九三〇年代に手に入れた家でね。二階から上が住居で、一階は博士の診療所になっている。周囲は昔とはだいぶ様子が変ってしまったが、博士には、家を売ってよそへ移る気はないらしい。収入はかなりいいが、目をみはるほどじゃない。つい最近まで奥さんにミンクのコートを買ってやれなかったのもそのせいなんだね」

「長いこと、ねだっていたのね？」とママがいった。

「マクロスキイ博士の言葉をかりれば、結婚以来二十五年間だそうだ。もっとも口にだしてねだったわけじゃないって——奥さんをかばうような口ぶりだったな——ただ、奥さんが、街でミンクのコートとすれちがうたびに、友だちのミンクのコートのことを話題にするたびに、どんな気持でいたかは、よくわかっていたそうだ。ぼくはまた、自分の望みを、口にださずに叶えさせられる女なんて、一度もお目にかかったことがないけどね」

「それはまさしく自衛手段よ」とママはいった。「あたしはまた、女になにかせがまれて、反射的にノウといわない男にお目にかかったことがないけどねえ」

「とにかくだ、ママ、ふた月前の誕生日に、博士はとうとうミンクのコートを夫人に買ってやったのさ。数年前からそのために金を貯め、足りない分は銀行から借り入れたものの、まだまだ買えなかったが、そこに思いがけない幸運が舞いこんだ。ある患者が、マダム・ローザの店を教えてくれたんだ、毛皮の卸し商で、ときどきすごい掘り出しものがあるって。マクロスキイ博士はさっそくマダム・ローザの店へ行って、仕入れたばかりのミンクのコートを買ってきた。安くはなかった――五千ドルに近い金を払ったんだからね。だが小売り店なら、ざっとこの三倍はとられるような品物だった」

「合法的な取り引きなんでしょうね？」

「盗品じゃなかったよ、ご心配なく。マクロスキイ博士は、コートの来歴も卸し商からきかされた」

「そのマダム・ローザから？」

「じつをいうと、マダム・ローザはハリイ・シュルツという名の男なんだよ、ニュージャージイのイングルウッドに住んでいる。アトランティック・シティの占い師に毛皮商をやるようにとすすめられて、そいつに敬意を表して商売用の名前にマダム・ローザを使ったわけさ。さて、彼の話によると、そのミンクのコートは、少し前にこの世を去った株式仲買人のオスカー・F・タネンバウム氏の財産の一部だったそうだ。奥さんのジャネットにあたえた最後の品で――その後、投資に失敗して破産して、パーク・アベニューのアパートのテラスからとびおりた。

ジャネット・タネンバウム夫人は、夫の負債を清算するために、自分のもちものをいっさい売りはらった。競売が行なわれたが、夫人は部屋のうしろにすわっていた。いよいよミンクのコートの番になると、夫人はわれを忘れて、入札に加わった。金なんて一セントだってありゃしない、だが競売人は止めるわけにもいかなかった。そしてコートが最後にマダム・ローザー——つまりハリイ・シュルツの手におちたとき、タネンバウム夫人は彼に向って絶叫した、お前にそんな権利はない、それはわたしのものだ、よその女に着られてたまるかってね。そういい終ると、夫人はその場に倒れた——脳卒中かなんかだね——そして翌日死んだ。

これがコートの来歴さ、ハリイ・シュルツが話したとおりの。念のため調べてみたが、まちがいなさそうだ。ついでにいうと、競売会社は、コートに一万五千ドルの値をつけた。もっともハリイ・シュルツがじっさいにいくらはらったかは、いいたがらなかった」

「で、マクロスキイ夫人は、そのミンクが気にいったの？」とママがいった。

「博士は夫人が気に入らないのではないかと、はじめは心配だった、なにしろ夫人に相談もせずに、自分が勝手に買ったんだから。しかし夫人を驚かしてやりたい一心だった——さいわい、奥さんの気にいってね。まるで小娘みたいな喜びようだった。夫を抱きしめ、キスをして、しまいにはわっと泣きだすしまつだ、それからコートを着ると鏡の前で一時間もポーズをつくっていたそうだ。その晩は、レストランへ連れていってもらった、コートを見せびらかすために——毛皮を着るにはちょっと暖かすぎたが」

「物欲のかたまりね！」とシャーリイがいった。「きっとこのお話の結末は悲劇よ」

ママがシャーリイのほうに向きなおった。「いまここでデイビイが、あんたにそういうごたいそうな物をくれるといっても、あんたは、そんな危険は冒さないのね？」

シャーリイが窮地におちいらないうちに、わたしはすぐさまふたりのあいだに割ってはいった。「マクロスキイ博士はコートの来歴を夫人に話した——競売のいきさつもタネンバウム夫人が泣きわめいた話も——すると夫人は妙なことをいった、『お気の毒な方、その脅しが本気でなければよろしいけれど』といったそうだ。

『お墓からでてこようなんて気をおこさないでいただきたいわ』夫人は笑ってはいたが、その言葉のどこかに、かすかながら冗談ではないひびきのあるのを、マクロスキイ博士は感じとった。だがそれ以上深くは考えなかった。それというのも、夫人はふだんから心霊術の会に出たり、新聞の星占いに従ったり、読心術や水晶球などを信じるような人間だったからね。結婚して二十五年、博士は奥さんの迷信的な行為はあまり気にしなかったのさ」

給仕がやってきて、スープ皿を片づけ、メイン・コースを運んできたので、話はやむをえず中断した。フィンガーフッドの給仕は、話の邪魔をすることにかけては、ニューヨーク一の達人である。

給仕がいってしまったので、わたしは話をつづけた。「それから二週間たったある日、おかしな出来事がおこった。夫妻が、夕食の招待に出かける矢先のことだ。メイドに——ベレナイシ・ウェブリーという、二十八、九の黒人の女でね——ミンクのコートをもってくるように頼んだ。メイドは寝室のクロゼットにとりに行ったが、すぐにこうどなる声が聞こえた、「このコート、ハンガーからとれませんよ！」

マクロスキイ夫人もクロゼットに行って、コートをひっぱったが、ハンガーにぴったりはりついたままだ。「なにかが押さえているみたいだわ」と夫人はいった。とうとう博士がやってきて、力まかせにひっぱると、コートはやっとはずれた。「片方の袖がハンガーにひっかかっていたんだな」と博士はいった——いまになると、あまり確信はないと博士はいっている、コートをぐいとひっぱったとき、なにかがひっぱりかえすような気がしたのだそうだ。すると夫人がいった、「まさかタネンバウム夫人が、あの脅しを実行したのでは——」夫人は、はなはだしく当惑して、その先をいい淀んだ。

「そりゃそうでしょう」とシャーリイがいった。「死人がミンクのコートにとり憑いたなんて！　そんなばかばかしい話ってないわ！」

「死人だって、ときには、生きているようなことができるのよ」とママがいった。「あたしの甥っ子のジョナサンは、いまもって独身だけど、それというのも母親が、近ごろの娘を認めないからなのよ——その母親というのはね、十八年も前に死んでいるんだけれど」

「それから一週間後に」わたしは話をつづけた。「またもや奇怪な出来事がおこったのさ。

マクロスキイ夫人は文学サークルに入っていた——中年婦人の集まりで、毎木曜日の午後に会員の家に集まり、最近のベストセラーについて討論するんだそうだ。このご婦人がたのほとんどは、マクロスキイ夫人より金持だった——夫たちは、成功した実業家や専門技術者だったが、博士ほど理想家肌ではなかった。マクロスキイ夫人は、例会にミンクのコートを着ていったことのない数少ない会員のひとりだった。だから遂にミンクを手にいれたとなれば、木曜日の午後にそれを見せびらかしにいったのは当然の話だね。

その日の例会は、スカーズデールのアロンゾ・マルティノー夫人の邸が会場だった——パーク・アベニューに大きな病院をもつ外科医の奥さんでね。マクロスキイ夫人とマルティノー夫人はことごとに競争意識をもやしていた、おそらく二人とも夫が医者だったからだろう。コートをひと目見ると、マルティノー夫人はこういった、マクロスキイ先生は、近ごろだいぶご繁昌のようでけっこうですわね——マクロスキイ夫人はすかさず応酬した、宅は昔から繁昌しておりますけれど、ただよそさまのように、いちいち吹聴するのもなんでございますものねえ——

さて、数時間して会はお開きとなって、ご夫人がたは外に出ると、めいめい車のほうへ歩いていった。マクロスキイ夫人は、すこし遅れて、友人のハーモン夫人のあとからついていった。ハーモン夫人は銀行家の奥さんで、マクロスキイ夫人を家まで送ってくれることになっていた。かなりの年輩で、そうそう早くは歩けなかった。

車寄せのなかごろまできたとき、とつぜんマクロスキイ夫人が叫び声をあげて首を押さえた。その夜、夫人が夫に語ったところによると、ミンクのコートが、ひとりでにとびあがって肩からはなれ――芝生におちると、その上をするすると這っていったというんだ」

「その文学サークルの集まりでは、いったいどんなお酒をだすのかしら？」とシャーリイがいった。

「ハーモン老夫人は、紅茶より強いものは飲んだことはない――彼女もたしかに、ミンクのコートがふうわりと空中を飛んだのを見たし、マクロスキイ夫人が、それを追いかけて、芝生から拾いあげるのも見たんだ。他の連中もすぐにふりむいたが、飛んでいるコートは見逃した。そこでマクロスキイ夫人は、つまずいた拍子にコートが脱げてしまったのよと笑ってごまかした。マルティノー夫人がミンクをほうりだすなんて、景気のいい方はやっぱりちがうわねと皮肉をいって、その場は笑いごとですんだ。

だがマクロスキイ夫人はすっかり怖けづいてしまった。

「このコートはなにかおかしいのよ」と、その晩博士にしつこくいったそうだ。「なにかの存在が感じられるわ――怨霊のようなものが！」博士が夫人の気を鎮めようとしても、気のせいだと納得させようとしてもだめだった」

「でも芝生を這っていったという話は、明らかに幻影ですよ」とシャーリイがいった。

「マクロスキイ夫人は潜在意識下で、ミンクのコートによって象徴される自己の性格の物質的側面を否定し、軽蔑していたんです。だから、無意識のうちに、コートをマルティノー夫人の庭の芝生に脱ぎすてちゃったのね」

「そのハーモンというご老人も？」とママがいった、「彼女も幻影を見たというわけ？」

「集団催眠というケースがありますわ」とシャーリイがいった。

「ありうることだな」とわたしはいった。「しかしその後二週間、似たような出来事がつぎつぎに起きているんだよ、夫人はそのたびに夫に報告している。レストランで椅子にコートをかけようとすると、そのたびにするする床にすべりおちるとか。道を歩いていると、コートがとつぜん夫人の体を押して、反対の方向へ行かせようとするとか。あるときは寝室のクロゼットにコートをしまうと、扉の内側をとんとん叩く音が聞こえたとかね。そしてとうとうもっとも驚くべき事件が――」

「ポット・ローストはいかがで――よろしかったですか？」と給仕がいった。

「あたしの好みからいうと、もっとパプリカがきいていたほうがいいわね」とママはいった、「でもいままで食べたお料理のなかでいちばんまずいってほどじゃないわ」給仕が肩をすくめて行ってしまったので、ママはわたしのほうに向きなおった、「それで？　そのもっとも驚くべき事件というのは？」

「明け方二時に、マクロスキイ博士は妻にゆりおこされた。ひどく怯えていて、いまにもヒステリイをおこしそうだった。「あれが逃げていった！　逃げていった！」と夫人は叫びつづけた。「床をするする這って、玄関のほうへ出ていったの」

　博士が見ると、クロゼットの扉が開けはなたれていて、寝室のドアも開いていた。博士は起きあがって、玄関へ行ってみた――すると驚くべきことに、ミンクのコートが玄関のドアの把手にからみついていた。玄関の間《フォイヤー》の明りは薄暗く、博士自身も寝呆けまなこだったが、まるで、ミンクのコートがドアの把手をまわそうとしているみたいに一瞬見えたというんだ――まるで階段から一階におりて、この家から出ていきたがっているようだった！

　博士はコートをつかみ、ドアの把手からもぎとった――それから、妻と同じように想像がふくらんだのだと自分にいいきかせた」

「コートが戸棚のなかから玄関のドアまで出ていったのも、想像だったというの？」とママがいった。

「コートは最初から戸棚には入っていなかったんだと博士は考えている。その晩夫妻はパーティから夜ふけに帰ってきた――夫人は疲れきっていて、少々酒にも酔っていたし――それに家のなかは暖房がききすぎていた。妻は家のなかに入ると同時にコートを脱ぎ、無意識にドアの把手にひっかけ、それからベッドに直行したと博士は考えている。コートが床を這っていったというのは――おおかた夢でも見たのだろうと博士は思っている、ほら、目がさめてからもありありと見えるような、おそろしくはっきりした夢があるじゃないか」

ママがうなり声をあげた。「ミンクのコートがほしくてほしくてたまらなかった女が――それを夜中にドアの把手にひっかけたりするかしら？」

「じゃほかにどう説明すればいいの？」とわたしはいった。「とにかくマクロスキイ夫人は、その晩はまんじりともせずに明かした。コートは、夫が戸棚にしまって鍵をかけてはくれたがね。翌日になると夫人は、やっぱり真実をたしかめる決心をした――コートはタネンバウム夫人の怨霊にとり憑かれているのか、いないのか？」

「そんなこと、どうやってたしかめられるの？」とシャーリイがいった。

「タネンバウム夫人にじかに訊くほかないでしょ？」とママはいった。「そうだろう、デイビイ？」

「そのとおり。夫人はさっきもいったように、心霊術を信じていた。行きつけの霊媒がいてね――ヴィレッジのさびれた一画の小さなアパートに住んでいる、ミセス・ヴィヴィアンという女なんだ。五十代の後家さんで――灰色の髪の毛をちょこんと丸めた小柄な女だ。ご亭主が死んでから十年間、心霊術と占星術で生計をたててきた。詐欺担当が、彼女のことをよく知っているんだが、ひっぱるほどのこともないらしいんだよ。こぢんまりとやっていて――ひとりあたま五ドルか十ドルぐらい――それで月々の家賃を払うのがやっとらしい。その上彼女は、自分の心霊術の能力を信じているらしい。死者が彼女の口を借りて話しだすと、客と同じような感銘を受けるのだそうだよ。

　そこでマクロスキイ夫人は、コートをもって、ミセス・ヴィヴィアンを訪ねた。それもひとりで行ったのではなく——文学サークルの友人のハーモン老夫人を連れていった。

「なにが起ろうと、わたしの気のせいではないことをたしかめたいんですよ」と夫人はいった。

　さてミセス・ヴィヴィアンは、ミンクのコートを目の前のテーブルにのせ、明りを消して、催眠状態に入った——両手をにぎりしめ、目玉をきょろきょろ動かし、うめき声をあげた。やがてその口から低い声が流れだした。彼女自身の声よりもっと太くて、闘争的だった。「わたしはジュリエット・タネンバウムだ」とその声はいった。「わたしのコートをよくも着たな！　あれは手ばなしたほうが身のためだ、さもないと、お前の心に平安はないぞ！　わたしのいうとおりにおし、さもないと、お前をさっさと墓場へ追いこむぞ！」

　これがタネンバウム夫人のメッセージだった——ハーモン夫人は一句一句諳んじていたよ。マクロスキイ夫人もあとで夫にこのとおりを告げたし、ミセス・ヴィヴィアンも訊問のさい、こう答えている」

「ミセス・ヴィヴィアンは催眠状態でも耳が聞こえるの？」

「いつでも、意識ははっきりしているんだそうだよ、ママ。自分の口から出てくる声は、他人がしゃべってるように聞こえるんだって。自分の口がなにをしゃべりはじめるか見当もつかない——ただお客と同じように、好奇心をそそられて聴いているんだそうだ。

さて、夫人はミセス・ヴィヴィアンの家を出てから、まっすぐに夫の診療所へ行った。そしてコートを手ばなしたいといった。とても美しいミンクで、手ばなすのは胸が痛むけれども、恐しくてとても手もとには置いておけない。それにあんな恐しい思いをしたので、かわりのミンクもほしくはない。

コートが売れたら、そのお金は、あなたの手もとに置いてください——お金のかかる贅沢はもうたくさん、身にしみてわかりましたと。博士はなんとかして思いとどまらせようとしたが、夫人の決心はかたかった。夫人は診療所を出ると、水曜日の午後の音楽協会のコンサートに行った、コートが人の目に触れたのはこれが最後だった」

「で、博士はそのコートを売ったの？」とママがいった。

「奥さんが出ていくと、博士はすぐハリイ・シュルツ——つまり、マダム・ローザに電話して、コートが最初に競売に出された競売会社の名前を教えてくれと頼んだ。シュルツは、売り値でひきとると申してでたが、博士はそれを断って、競売で運だめしをしてみるといった。さっそく教えられた競売会社に電話をかけ、翌日コートをとりにきてもらうよう手配した。だが彼らはとうとうとりにこなかった」

ママは体をのりだし、フォークを宙にかざしたまま、ベイクト・ポテトにそれを突きさすのを忘れている。つまりママは血の臭いをかぎつけたのだ。この地球上にママほど温かな心の持主はいない――わたしが子供のころ、お仕置きをするためにわたしの尻をぶつことすらできなかった、それなのに殺人事件ときたら目がないのだ。

「夫妻はその晩、家でテレビを見ていた」とわたしはいった。「ところが十一時ごろ、ブルックリンの患者の家から往診を頼む緊急電話がかかってきた。博士は大急ぎで車で出かけた、夫人を家にひとり残して」

「メイドは住みこみじゃないの？」とママがいった。

「ベレナイシ・ウェブリー？　彼女は毎朝早く、朝食の準備をしにやってくる――自分の合鍵はもらっている――夕食のあと毎晩帰る。さて博士がブルックリンの患者の家に着いてみると、さっきの電話は偽電話だったことが判明した――つまりたちの悪いいたずらだった。博士はひどく腹をたてながら帰宅した。博士が家をあけたのは約二時間、ふたたび玄関に戻ってきてみるとドアには鍵がかかっていなかった。博士は胸騒ぎがした、出かけるとき、背後で妻が掛け金をかける音をたしかに聞いていたからだ。

博士は玄関に入って妻を呼んだ。答えがない。急いで二階へ行き、寝室のベッドに仰向けに倒れている妻を発見した。服は引き裂かれ、上《うわ》がけは皺くちゃになっていた。夫人は死んでいたのだ――死亡時刻は三十分から六十分前と推定された。最初マクロスキイ博士は心臓麻痺だろうと思った、だが解剖の結果は窒息死と判明した。なにか柔らかくて厚ぼったい大きなものが、顔に押しつけられたか——あるいは、それ自体が、顔に押しかぶさったか」

「どういうこと、それは？」ママは顎をつきだした。

「夫人の唇と鼻孔にこまかい毛が附着していた。ミンクの毛だよ、ママ。ミンクのコートというと——床の上に、いいかい、ママ、マダム・ローザの名いりの箱が、からのまま床にほうりだされていた、マクロスキイ夫人はコートを箱にしまおうとしていたらしい。だがミンクのコートは消えていたんだ」

わたしは口をつぐんだ。さあ、どうだ、とばかり、わたしは自分があたえた効果を愉しんだ。

シャーリイがとうとう口を切った。「まさか、デイビッド、ニューヨーク警察の殺人課が——二十世紀の世の中に生きている大の男たちが、その婦人がほんとうに怨霊にとりつかれたコートに窒息させられたと信じているんじゃないでしょうね？」

「公式には」とわたしはいった。「ニューヨーク警察殺人課は、殺人者は肉体をもつものと信じているよ。この事件も、われわれはその線で捜している。しかしここまでの捜査では、動機があるのは、あの怨霊以外にはないんだよ。マクロスキイ夫人は、罪のない、お人好しの婦人で、怨みをかうような人間じゃない。結婚生活は幸福で、夫が遊び人というわけでもない——夫の私生活だってちゃんと調べましたからね！　夫妻の全財産は、家屋敷を含めて、博士の名義になっている――夫人の死によって博士が相続するものはなにもないし、夫人に保険もかかっていない。ひとり息子がいるが――結婚して、ミシガンで医院を開業している。両親とは仲たがいしているわけではない。いずれにしても犯行のあった晩は、自宅のベッドにいた」

「強盗の線は？」とママがいった。「貴重品がなくなってはいないの？」

「コートを盗んでいった泥棒は奇妙なやつでね。マクロスキイ夫人の化粧テーブルには、宝石のいっぱい入った箱がのっていたが――なにひとつ盗られてはいないんだ。ベッド・テーブルには二百ドルあまり入った博士の札入れがのっていたが、中身は手つかずなんだ」

「二百ドル！　そんな大金をどうするつもりだったの？」

「博士の趣味は本の蒐集でね――初版本とか、そういったたぐいの。殺人が行なわれた日の午後、博士は蔵書を数冊、本屋に売った。代金を現金で受けとったが、銀行はもう閉店していたので、そのまま家へもって帰ったというわけさ。

　夫人を殺害したのは強盗じゃないという理由がもうひとつある。博士が十一時に家を出たとき、夫人はすぐに掛け金をかけている。博士は、掛け金のかかる音をたしかに聞いたといっている――夫人は夜ひとりになるときは、必ずそうしていたそうだ。それから二時間たって博士が帰ってくると、ドアには鍵も掛け金もかかっていなかった。ドアが、こじあけられた形跡もない。窓から侵入した形跡もない。

だから、犯人にドアを開けたのは、マクロスキイ夫人ということになる。だが夫人は神経質なたちで、見知らぬ人間を家のなかには決して入れない。知っている人間だけだ」

「メイドが合鍵をもっていなかった?」とシャーリイがいった。

「メイドのベレナイシ・ウェブリーには完璧なアリバイがある。事件当夜は、百二十五番街で——百人ばかりの人間の目の前で、夜中の二時すぎまでダンスをしていた。その上彼女の鍵は、掛け金の錠前をあけることはできないんだ。と、いうわけなのさ。殺人者は強盗ではない、夫人の知り合いには、毛すじほどの動機ももつものがいない。残るのはだれか? タネンバウム夫人の亡霊だけだ」

「ちょっと」とママがいった、「亡霊にだって動機はないじゃないの。亡霊はマクロスキイ夫人にこういったはずよ、ミンクのコートを手ばなさないと、早死にすることになるぞ、って。だからマクロスキイ夫人は、その警告に従ったんじゃないの? コートを手ばなすことにきめたのよ。だのになぜ亡霊が彼女を殺さなけりゃならないのさ?」

わたしはふいにひどい疲れをおぼえた。この三日間、殺人課の連中——この事件に関係のない者たち——は、亡霊をねたに、われわれをからかいづめなのである。亡霊の話はもうその魔力を失ないはじめていた。

「さあね、ママ」とわたしはいった。「亡霊はフェアプレイの精神をもたなくちゃいかんという規則でもあるの？　この亡霊は人殺しが趣味なんだろう。あるいはマクロスキイ夫人がほんとうにコートを手ばなしたがっているとは信じなかったのかもしれないよ。あるいは――」

しかしママは眉をひそめている――この渋面は、アイディアが滲みだしてきた徴候である。

「亡霊は信じなかった――彼女はほんとうは手ばなしたくなかった――」ママはゆっくりとうなずきはじめた。そしてわたしを見上げたが、その顔は満面に笑みをたたえていた。

「そりゃ、ありうることだわ、デイビイ！　たしかにありうるね。ヒントを下さってどうもありがとう！」

「ヒントってなにさ、ママ？　なにか握ったんなら――」

「なにか握る？　そんなことがどうしてできるの？　あたしみたいな内気な女に、彼女の着ていたコートがどんなものか知りもしない人間に？　でもあたしの質問に三つか四つ答えてもらえれば――なにか握れるかもしれない」

わたしはシャーリイに、警告の視線を送ってからいった。

「お答えできるものならお答えしましょう、ママ」

「まず給仕を呼んで、アップル・シュトルーデルを注文してちょうだい」

わたしは給仕を手招きし、デザートを注文した。それがすむとママはやおら指を一本上げた。「第一の質問、マクロスキイ博士は最近本をたくさん売りはしなかった？」

「そう、博士はこの三週間に、十冊以上の本を売っているよ。葉巻きやスチーム・バスなんかも節約している。そうせざるをえないんだ、ミンクのコートを買うために銀行から借りた金を返すには」

ママは、例によって独特なうなずき方をした——この答えで満足したのかどうか、わたしに気《け》どらせないよう用心して、「第二の質問、ハーモン老夫人は——ほら、霊媒のところへいっしょに行ったひと——どの程度の近眼なの？」

「申しわけないけどね、ママ、そいつはちょっと見当はずれだよ。彼女は近視じゃないね。じつをいうと、ひどい遠視だよ。本を読むときは眼鏡をかけるけれど、道を歩くときはかけない」

「近眼じゃないって？　たしかなの、それは？　まあ、いいわよ——じゃあ第三の質問、霊媒の女、ミセス・ヴィヴィアンという女は、最近急に金まわりがよくなったんじゃないの？」

この質問は、明らかにわたしを動揺させた。「どうしてそんなことを知っているんだい、ママ、実はそうなんだよ。殺人事件に関係のあるものは、常にチェックしているが、このあいだ、担当の刑事から、ミセス・ヴィヴィアンが、メイシーズへ行って、大枚をはらって——しかも現金で——居間のソファを買ったという報告が入った。金の出所を訊ねると

——なにしろふだんは貧乏ぐらしだから——何年もかかって、こつこつと箱のなかに貯めこんだものだという。それが嘘だという証拠はない——だがわれわれの推理では、彼女、いつもの客より金ばなれのいい、だまされやすい女をつかまえたにちがいないんだ」

ママはうなずいた。

「では第四の質問。博士の奥さんは——人の名前をなかなかおぼえられないたちじゃなかった？」

「ママ、それはいったい——」

「あたしは訊いているの？　それとも答えているの？」

「わかった、わかった。そう、マクロスキイ夫人はそういうたちだったよ——ものおぼえの悪いね。親しい友人でも、名前をまちがえたりして困らされたものだと博士はいっている。もっとも奥さんを責める口調ではなかったよ——むしろ奥さんのそんなところを愛していたような口ぶりだったね」

「そうでしょうとも」とママはいった。「彼は彼女を愛し、彼女は彼を愛していた……それがこの事件の鍵だわね。亡霊の謎もそれで解けるわ。さあさあ——シュトルーデルがきた」

ママが、シュトルーデルをひとくち食べて、ちょっと眉をしかめ、シナモンが少し足りないと告げるまで、事件のほうはおあずけとなった。

「なんていったの、ママ？　亡霊の謎が解けるって？」

ママは微笑した。「あんたの伯母さんのドリスのこと、話したことがあったかしら、アメリカ合衆国でいちばんのろまな女といわれたひとよ？」

「ドリス伯母さんなんて聞いたこともないぜ」

「もうとうに亡くなったけれど、かわいそうなひとよ。パパのいちばん上の兄さんのソウルといっしょになったのよ。ふたりはカリフォルニアのハリウッドに出て、兄さんは映画の仕事で大儲けしてね。すばらしい才能をもっていた、あの兄さんは。本は読むし——そりゃ長くて厚いやつ、ロシアの作家のね。それからシンフォニイを聴くんだよ——音楽会へいって居眠りするのとは大違い、ほんとうに聴いているのよ。ドリスみたいな間抜けな女と結婚して、なんという恥さらしだとみんないったものよ——シカゴのマーシャル・フィールズの売り子でね、高校も中退で、まじめな本などは、たとえ命がかかっていても、読めなかった、口を開けば、言葉はまちがえる、発音はまちがえるといったふうな女だった。

最悪だったのは、どこへ出かけていくにも必ず遅れることだった。芝居にいくときや、夕食に招かれたとき、ソウル夫婦はいつも遅れてくるの。そしてきまってドリスが、わたしが、お約束の時間を忘れちゃってとか、出がけになって、お洋服をまちがえたのに気がついて、とりかえてきたものだからとか弁解するのよ。気の毒なソウル、ってみんないったものよ――あんなのろまの奥さんをもらって、さぞかし困るだろうって！　ところが――」

「おかあさん」とシャーリイが口をはさんだ、「それがあのミンクとどんな関係が――」

「ところが」ママはシャーリイをちらりとも見ずに、「あんたのドリス伯母さんが、死んだのよ。ある日とつぜん病気になって、ひと月病んで死んでしまったのよ。たった五十一でねえ――かわいそうに！　ソウルはすっかり沈みこんで、長いこと一歩も外に出ようとしなかった。でもそのうちに、ようやく招待を受けるようになった――夕食会や、芝居なんかに出かけていくようになったの。ところがよ、世間じゃあっと驚いた！　ソウルときたら、行く先々で遅刻するんだから。ドリスが生きていたころと同じように、料理が冷えたころにようやく現われるのよ。

まもなく、みんな真相に気づいた。分別がなくて約束の時間にぜったい間にあわないのは、ソウルのほうだったのよ。これまでも、決してドリスのせいじゃなかったのよ。それなのにいつも、悪いのは自分だという顔をして――旦那さまの悪い習慣を、みんな自分の愚かさのせいにした――なんせドリスは、旦那さまを愛していたからね、愛する旦那さまが、ひとさまに悪く思われないように守ってあげたというわけなの」

「でもママ、この話の要点はいったい――」

「要点はね、愚かな人間でも、ひとを愛することはできるし、愛するひとを助けるためには、どんなことでも考えだせるということよ。見栄っぱりの、ものおぼえの悪い女でも、ミンクのコートより旦那さまのほうが大切だと気がつくことがあるということよ。犠牲になるのは、なにも優等生の専売特許じゃないの。給仕さん、コーヒーもう一杯――こんどは熱くしてもらえる?」

コーヒーがきた、ママは一口飲んで、こんどは熱いわねといって、ふたたび話をすすめた。

「さあこれではっきりしたでしょ? 医者の連れ合いのマクロスキイ夫人はひとの名前をなかなかおぼえられなかった――長年つきあっている友人でも。だからコートの前の持主の名前を、正確におぼえていなかったのも当然だわね。そのひとの名前は、ジャネット・タネンバウム夫人だったわね――だけどマクロスキイ夫人の頭のなかじゃ、ジャネットが、ジュリエット・タネンバウム夫人に変るのはわけなかったのよ」

「あの霊媒か!」わたしは思わず叫んだ。「亡霊が、ミセス・ヴィヴィアンの口を通して話したときの――」

「亡霊の最初の言葉は、たしか、『わたしはジュリエット・タネンバウムだ』じゃなかったかしら。幽霊を信じるのはご自由だけど、自分の名を忘れる幽霊がいるなんて信じられないわねえ! これはだれかがミセス・ヴィヴィアンに、亡霊の声でしゃべるようにたのんで、しゃべる言葉はあらかじめ紙に書いて渡したんだわね――そうしてお礼をたっぷりはずんだ、メイシーズで新しいソファを買えるぐらいの額をね。その筋書きを書いた人物は、ものおぼえの悪いたちだったから、亡霊の名をまちがえちゃった！」

「でもおかあさん」とシャーリイがいった、「それが必ずしもマクロスキイ夫人だということにはなりませんわ――」

「いいわよ、もしお望みなら、マクロスキイ夫人が、ほんとは亡霊なんて信じていなかった証拠をもうひとつお目にかけるわよ。ミセス・ヴィヴィアンの心霊術がすんだあとすぐに、彼女はどうしたか？　旦那さまの診療所へ行き、コートを売ってくれとたのみ、それから午後の音楽会に行ったわね――ひと前で着るのはこれが最後だった。そこであんたにうかがいますけどね――もし彼女がほんとうに、タネンバウム夫人の亡霊の警告を信じて、そのコートに霊がついていると信じていたら、なぜそのコートをすぐにでも脱がなかったの？　そんなものを着ていて、よく怖くなかったわね？　あんな恐しいことをいわれながら、平気でコートを着て音楽会に出かけて、みんなに見せびらかすなんてことがよくできたわね？　答えはただひとつ――彼女は亡霊なんかいないことを知っていたからよ」

「でももし夫人があの心霊術を演出したんだとすると」とわたしはいった、「亡霊のしわざはすべて夫人の演出ということになるね。だけど――夫人がどんなふうにやってのけたのかわからないねえ」

「簡単よ。亡霊はいったいなにをしたの、よく思いだしてごらん？　道を歩いていたらコートが体を押したとか、クロゼットの扉をたたいたとか、レストランで椅子からすべりおちたとか——どれも彼女以外の目撃者はいないじゃないの。それにあのコートが、マルティノー夫人の庭の芝生にとびおりたというときだって、彼女が自分で脱いでほうりだしたのは明らかじゃない？　シャーリイがいったように潜在意識がやったんじゃなくて、彼女が故意にやったのよ。しかもハーモン老夫人にしか見えないときを狙ってね——お年寄りはひどい遠視だったから。ということは、ハーモン夫人は、コートが宙に飛んでいくところははっきり見えたけれど、コートが、マクロスキイ夫人の肩、つまり自分の目の近くにあったときには、ぼうっとしてよく見えなかった。マクロスキイ夫人がコートを脱いでほうったのは見えなかったけど、芝生においていくところははっきり見えたわけ——だからとうぜん、コートがひとりでにそうなったと思ったのね」

「それじゃマクロスキイ夫人が博士を起した晩のことは」とわたしはいった、「コートがクロゼットから逃げだして、玄関まで這っていったというのは？　あれは夫人がコートをクロゼットからもちだして、ドアの把手にかけておいて、それから博士を起したというのかい？」

「それにいちばんはじめの出来事の説明がまだだわ」とシャーリイがいった。「メイドがコートをハンガーからとれなかったときのこと——」

「あれだけはおそらくほんとの事故よ」とママはいった。「コートの袖がハンガーにひっかかっていたのよ、マクロスキイ博士が考えたとおりよ。あのときタネンバウム夫人の怨霊の話をもちだしたのはマクロスキイ夫人よ。でも夫人は、あとになってこの出来事を思いだした、そのときあのアイディアがうかんだ、あとの計画は彼女のインスピレーションだわね」

「でもなぜなんだ、ママ？　動機はなんだ？」

「そこでまたドリス伯母さんのご登場よ、デイビイ。女が男を愛したら、男のためになんだってやるわね——たとえ自分は愚かに見えようと。マクロスキイ夫人は長いあいだミンクのコートがほしかった、そうしたらようやくご主人が買ってくれた、はじめはとても幸せだった。でもそのうちにあることに気がついた——ご主人が、大事にしていた珍書をつぎつぎに売る、葉巻きは節約する、スチーム・バスからは足が遠のく。そしておそらく好奇心から、ご主人の書類を見ているうちに、銀行の借金の件を発見してしまった。

そこではっと思いあたったのね。『わたしにミンクのコートを買ってくれるために、主人はこんな犠牲をはらっている』彼女はそう思うと、あのコートを見るのがいやになったのね。見れば、美しいと思うのは人情でしょ——なんていったって、彼女は人間の女ですからね。でも彼女はそう思うことを恥じた——まずご主人のことを考える女だったから。彼女は一日も早くコートを処分して、ご主人にお金を返したいと、ただそれだけを願った」

「でも、なんであんなばかげた真似をする必要があったのかしら?」とシャーリイがいった。

「ほかにどんなやりようがあった? コートを手ばなすほんとうの理由を、ご主人に話せると思うの? 彼女は愚かな女かもしれない、でもそれがご主人のプライドをどれだけ傷つけるかは知っていたのよ。自分を落後者だと思うかもしれない、奥さんのほしいものも買ってやれない無能な人間だと思うかもしれない、彼女はそれを心配したのよ。ご主人のプライドを傷つけないようにするには、自分はあのコートを手もとにおきたくないんだとご主人に納得させるよりほかになかったのね。

もしこういってごらん、「こんなもの、もう見るのもいやです!」ご主人が信じるものか。じゃあ、自分のばかげた迷信がまたはじまったといえば、そしてそれを裏づけるような出来事をひんぴんと起してみせれば、ご主人は信じるだろうね。彼女にそんな細工ができるとは、ご主人は思いもしないだろう、彼女はそれも心得ていたのよ。

「そうしましょう」と彼女は決心した、「こんなコートは、うす気味が悪くて、もっているのはいやだというふうに主人に信じこませよう。馬鹿みたいなことをしてと主人は思うかもしれないけれど――どうせ馬鹿だと思われているのだもの。大事なのは、夫が本とお金をとりもどすこと、しかも夫のプライドを傷つけないように」

ママは口をつぐみ、小さなためいきをもらした。

「そこでコートの祟りということになったのよ——ご主人への愛情と、ご主人にお金を使わせたことの面目なさが、そうさせたんだわね」

「でもママ、夫人は殺されたんだよ！　コートは消えてしまったんだ！」

「だれが殺人犯人だと、あたしに訊いているの？　まあいやだ、そんなことは簡単じゃないの。あたしは、はじめからわかっていたわ。あんただって、家族のために買物をしたことがあれば、わかるだろうに」

「家族のための買物だって！」

「そうとも。あんた方殺人課はね、みんなに二、三週間ひまをやって、家族のための買物をさせるべきじゃないの。そういう経験がないものだから、すぐ騙されるのよ。売り子のいうことを頭から信用しちゃうのね」

「売り子がどうしたの？　なんだかさっぱりわからないな——」

「買物をする人間のために、いい古された格言だけど、なかなかいいものよ——掘り出しものには御用心、というんだけれど。この世間に、損をして奉仕する善人なんていやしないわ。オレンジの二ドル袋を一ドルで売っていたら、袋のなかには、腐ったオレンジが入っていると思わなきゃね。一万五千ドルのミンクのコートを、五千ドルで売るとしたら——

——」

「あのコートは偽物だったっていうのかい、ママ？　でも競売会社では、タネンバウム夫人のミンクは――」

「マクロスキィ博士の買ったミンクがタネンバウム夫人のミンクだって、だれがいったの？　マダム・ローザだかミスタ・シュルツだか知らないけど、そいつがほかのミンクとすりかえなかったとだれがいった――たぶんミンクじゃなくて兎というほうがいいかもしれない。これは犯罪よ、あたしの記憶に誤りがなければ――刑務所行きじゃないの？」

「もちろんだとも！」

「それじゃ、ミスタ・ローザの気持を想像するのは難しくないわね、博士が電話で、あのコートを競売にだすといったときの。あれくらいの値段の品物になると、出品する前に鑑定しなければ、あの値段で競売には出せないものよ。だから、ミスタ・ローザは、鑑定人がコートを見る前に、ぜひともとりもどさなければならなかった。そこで彼は博士を偽電話でブルックリンへおびきだしたのよ、コートをとりもどすには夫人を説得するほうが近道だと考えてね。彼はあの家に行ってベルを鳴らす。夫人は彼を家のなかに招じいれる、彼はさっそくコートを自分に売ってくれるように頼む。夫人はそうしたくない――彼はしつこく迫る――そこでいいあいになり、かっとなった彼は、ちょうど手もとにあったもので彼女を窒息させてしまう。それがたまたまミンクのコートだった」

「それが証明できれば、ママ――」

「死体のそばに空き箱がころがっていたって、あんたそういったわね？　マダム・ローザのラベルをはった長い箱。あんた、その箱は、もともとコートが入ってきた箱で、マクロスキイ夫人は、競売会社に渡すために、コートをそれにしまおうとしていたところだと思った。だけど考えてもごらん、そんな箱をふた月も後生大事にとっておくかしらね？　はじめは、コートを手ばなすつもりなんかないから、空き箱なんか捨てるのが当然だわね。死体のそばにあった箱はね、デイビイ、ミスタ・ローザが、犯行の夜、もってきたものよ、だって彼は、コートをもって帰るつもりだったんだもの。でも夫人を殺してしまうと、恐しくなって、箱のことなんかすっかり忘れて逃げだしたのよ。調べてごらん――きっと箱から彼の指紋が出るよ。彼が箱をもって店を出たのを、店のだれかが目撃しているかもしれないし。これなら立派な証拠になると思うけど」

わたしは立ちあがった。「シュルツを直ちに逮捕させよう。それからやつの家を徹底的に捜査するよ」

わたしはテーブルをはなれ、レストランのロビイのボックスから殺人課に電話した。テーブルに戻ると、ママがためいきをつきながらこういっているのが耳に入った。「あたしがさっきいったとおりでしょ――ミンク、ミンク、ミンクって騒ぎすぎるのよ。あたしなんぞ長いこと着ているけど、とにかく――」

そしてまたもやシャーリイは口をつぐんではいられなかった。「ミンクなんて、いったいいつお召しになって、おかあさん？　一度でもそんなことがあったかしら？」

ママとシャーリイのじっと見つめる目が合った。ママの声はこれ以上やさしくはならないというほどやさしかった、「あたしはね、ずうっと着ているの。目をつぶって、両手で肩をなでてみるの、どんな手ざわりがすると思う？　ミンクよ――どっしりしていて、柔らかで、膝のところまである――最高の品よ――」

「なあんだ！」とシャーリイは叫んだ、「そのミンクはおかあさんの空想の産物なのね」

ママは両手をひろげた。「いいでしょ？　世界一美しいミンクじゃない？」一瞬ママの顔に哀しげな表情がうかんだ。だがそのとき給仕が勘定書をもってきた。ママはそれをひと目見てうなり声をあげた。

「これからは、ガスレンジがあろうとなかろうと、ぜったいブロンクスで食べるわよ」

ママは憶えている

Mom Remembers

「いちどお尋ねしようと思っていたんだが」とミルナー警部がママにいった。「あなたは、そもそもどうして、事件の謎解きに興味をもつようになったんですかね？」

ママは笑いながら答えた。「それは、とうぜんあたしのママのおかげよ。ママがすっかり教えてくれたのよ」

これは意外だった。ママは、両親の話だの子供のころの話は、あまりしてくれたことがない。〈おばあちゃんの思い出話〉なんて、世の中にこれほど退屈なものはないというのがママの口ぐせだった。だからわたしは思わずナイフとフォークを置いて、いった。「ママのお母さんには犯罪事件の謎を解く才能があったのかい、ママ？」

「才能、ですってさ！　アインシュタインに足し算の才能があったかしら？　ヴァン・クラインバーグはピアノを弾く才能があったかしら？　ええ、あたしのママは大学へこそ行ってないけど、探偵としては、いっぱしの博士クラスだわよ！　あたしがはじめて出くわした殺人事件のこと、話してあげようか。解決したのはあたしのママだけどね——あたしはただそばで眺めていて、いろいろおそわっただけ——」

ここでひとまず、ママが思い出話をするにいたった顛末を説明しておくほうがいいだろう。

それは五月四日、水曜日の晩のことだった。ふだんは金曜日の晩に、シャーリイとわたしはブロンクスへやってきてママと夕食を共にする習慣である——だが、五月四日という日はママにとっては特別の日なのだ。パパとの結婚記念日である。だからこの日は、ママをひとりぼっちにしておきたくないのだ。

四十五年前、ママとパパは結婚した。ママは十八、パパは二十一になったばかりだった。子供のころから、ふたりは同じ小学校に通い、ロウワー・イーストサイドの同じ共同住宅に住んでいた。両方の家族は、故国の同じ小さな村の出身だった。両方の親は、ゆくゆくは二人を結婚させるつもりだった——故国では元来そういうならわしだった。当事者同士が愛しあっていなければならないというきまりはなかったが——奇しくもこのふたりは愛しあっていた。

三十年あまり、夫婦は幸福に暮した。ロウワー・イーストサイドからブロンクスに移った。ひとりっ子のわたしをこの世へ送りだした、わたしを医科大学へやるためにせっせと貯金をした（もっとも大学卒業後、警官になる決心をして、両親の期待を踏みにじってしまったが）。その後まもなくパパは五十いくつかで急死した。おびただしい請求書と連日の夜勤と、他人のもめごとに首をつっこむあくなき精力とで、心臓が弱っていたのである。あのときのママの目の色をわたしは決して忘れないだろう——わたしに気づかせまいとママはひどく骨を折ったものだった。いまでも結婚記念日というと、あの苦渋の影がママの顔をちらちらとよぎるのである。

昨年の五月四日には、ミルナー警部をブロンクスへ連れていった。警部は殺人課の上司である。小柄で、はげで、ブルドッグさながらのご面相だ。ひとにらみすればどんな殺人犯もちぢみあがるというほどだが、恥しそうな表情の独り身の中年婦人とさしむかいになると、思春期の若者みたいにはにかんで無口になってしまう。これで成人した娘が二人もいる男やもめなのだ。

ともあれ、シャーリイとわたしは、ここ数年、ママと警部をどうにかしようとやっきになっているものの、これといった進展はなかったが、ママは警部に会うのをいつも愉しみにしているらしい。それで五月四日に、警部に会えれば、ママの気持もまぎれるんじゃないか、とこう思ったわけである。

果してママは玄関で警部を勢いよく抱擁した。

「あなたは大歓迎！　今晩は牛肉の蒸し焼き、あなたの大好物ですよ！　どっさり食べてくださらなかったら、あたし、気を悪くしますよ」

好調なすべりだしだ、とわたしは思った。きっとママは古傷の痛みをちらりとも思いださずに、無事一夜を過せるだろう。

食堂のテーブルで、ママのスープを飲んでいると、ママがいいだした。「あなた、あたしの種なしパン《マッツォー》がお好きね、警部さん？　あたしのメンデルも大好きだったの。これなら百箇も食べられるって、胸やけがしたってかまわないっていうのが口ぐせでしたよ」ママの声がちょっと震えた。「そりゃすごい食欲だった、ああいう繊細な顔だちのひとは――」

これは危険な徴候だ。シャーリイとわたしはほとんど同時にくちばしをいれた。

「メイシーズですばらしいコートを見つけたんですの、おかあさん」とシャーリイ。「おかあさんにぴったりの」

「今週また殺人事件があってね」とわたし。「警部、どうして話さないんですか？」

「コートは待っててくれるわ」とママはシャーリイにいって、ミルナー警部のほうへ向きなおった。「その新しい殺人事件を、おさしつかえなかったら、ぜひうかがいたいわ」

いつものように目がきらきらと輝きだした。これで当分、悲しみを忘れていられるだろう。

「デイビッドが、なんであんな事件をわざわざもちだしたのかわからんが」と警部はいった。「ごくありふれた事件ですよ。あなたの興味をひくようなやつじゃない」

「ママは、われわれの事件にはどんなものでも興味があるんですよ」とわたしはあわてて口をはさんだ。

「それじゃまあ――」ミルナー警部は耳のうしろをかいたが、これは人前で話をしなければならないときの警部の神経質なくせである。

「――この十八になる男の子は、ラファエル・オルティスというんですがね、ゆうベタクシーの運転手を襲ってナイフで刺したんですよ。ごくありふれた事件で。近ごろ悪い仲間とつきあっていて、帰宅も夜おそいというんで、両親としじゅうやりあっていたんですよ。そして案の定、とんでもないことをしでかしたというわけです。こんな事件は毎日のようにいたるところで起っていて――近年とみに増加し――」

「あなた、その子を有罪だと断定なさる？」

「簡単な事件ですな。刺された男は病院に運ばれ、死ぬ前にあの子が犯人だと確認したんですよ。それに目撃者もいるし――まったく信頼できる目撃者でしてね。だから、どんなぼんくらなおまわりでも、この事件なら解決できますよ。あなたの才能を浪費してはもったいない」

　ママは赤くなった。ママの顔を赤くさせるなんて、ミルナー警部のほかにはいない。これはたいそう見こみのある徴候よ、とシャーリイはいっている。

それで話題はほかに転じて、やがて——ママが牛肉の蒸し焼きをだした直後に——ミルナー警部が、事件の謎解きに興味をもつようになったのは、なにがきっかけですかという質問をママに発した。ママがそれに答え——ふたたびわれわれは危険地帯へ足を踏みいれる羽目になってしまったのだ。

「あたしがはじめてぶつかった殺人事件の話をしましょうかね」とママはいった。「さっきもいったとおり、それを解決したのはあたしのママなの。この事件にママとあたしをまきこんだ張本人はね、デイビイ、あんたのパパなのよ。かわいそうなあたしのメンデルは——」

またもやママの声がわななないた。しかし、この話題をどう転じたらよいか見当がつかなかった。

「あたしのママは、探偵の天才だったけれど」とママは話をつづける。「現実の殺人事件を解決したことはなかった——あたしたちの結婚式の前日まではね。あのころのロウワー・イーストサイドではね、ひとがひとを殺すなんてことはそうそうなかった。あたしのママの空想のなかではね、ミセス・ホロビッツは、ミセス・シャピロが、どっかからおっこちて死んじまえばいいと思っているかもしれない。なぜかというと、ミセス・シャピロは、山の手に金持の親戚がいるのを鼻にかけて、自分はひとさまより高級なんだといわんばかりだから。でもミセス・ホロビッツは、そんないやらしいことを考えると、すぐに自分がとっても恥しくなって、ユダヤ教会《シュール》で神様のお許しを乞うて、インフルエンザにかかってるシャピロの娘のところへチキンスープをもっていってやったりするの。

　つまり、あたしのいいたいのはね、あたしのママは殺人課につとめてる息子なんていなかったでしょ、どだい息子というものがいなかった——いたとしても、医者とか弁護士とか、ほかのまともな職業についていたでしょうからねえ。だからあたしのママが謎解きをする犯罪はね、警察に知らされなかった小さな事件とか、新聞の記事にもならないものなんかに限られていたわけね。

　たとえばこんな事件があったわ。三階のキンスキのおかみさんがね、ご亭主が帽子工場へ行ってる留守にご亭主が大事にしてた古いヘブライ語の本を売りとばしてね。代金を、台所の砂糖壺に入れておいたら、あくる日そのお金が消えてしまった。台所に入ったのは、水道の蛇口を直しにやってきた管理人の息子だけ——その水道の蛇口たるや古くて直せるしろものじゃないのよ。それで近所のひとは、管理人の息子は、ありゃ泥棒だなんて、噂しあった。

　そこへママがやってきて、いくつか質問をして、いくつか情報を聞きだして、娘のころロシアのシュテトル（ユダヤ人の住んでいる小さな村）に住んでいたころのある出来事を思いだして——それで真実を突きとめたの！　気の毒に、キンスキのご亭主は、自分でお金を盗んだのよ、ヘブライ語の本を買いもどしたくてね。おかみさんもその本も大事だったというわけなの。

それからまたあるとき、グローガーのところの九つになる娘が学校で失神しちゃってね、お医者様がおっしゃるには、空腹のせいだって、ところが娘の母親のいうには、毎日サンドイッチとりんごと牛乳を買うようにって十セント銀貨を渡してたって。ところが娘は、そのお金をどうしちゃったのか、なんとしても口を割らない、母親がなにを訊いても、泣くだけなの。

それであたしのママがあっちこっちほじくりかえして、とうとうその週の終りまでに、小学校の生徒から十セント銀貨を集めていた全シカゴ・ギャング後援会というのを摘発しちゃったのよ！　これを組織していたのはだれだと思う？　十一歳のアル・カポネが半ダースよ！

こんなところが、あたしの赤ん坊のころからママが手がけてきた事件かしらね。あたしのママのおつむときたらたいしたものよ！　もっとチャンスに恵まれていたら——なに不足ない環境に生まれて、大学教育を受けていたら——スラムのアパートで、家主の苦情《ツァリス》になやまされながら四人の娘を育ててきた後家さんじゃなかったらねえ！　あのすばらしい頭脳がデランシイ通りで浪費されていたなんて——それを思うと、いまでもときどき泣きたくなるのよ」

ママはかすかに身震いをした。それから肩をすくめた。

「でも考えようによっては、生活があれほど苦しくなかったら、うちのママのおつむも、あれほど切れるようにはならなかったかもしれないわね。ママは利口にならざるをえなかった、だれよりも早く考えて、だれよりもよけいに見なくちゃならなかったのよ——そうでもしなきゃ、あなた、金持の親戚もいないのに、四人の娘を飢えさせもせず、オールドミスにもさせずにすむと思う？　肉屋の心を読むことが、生死の問題にかかわるとしたら、だれだって読心術者になれますよ！

そんなわけでね、あたしは小さいときから、ママが冴えたおつむを働かせるのを見たり聞いたりしてきたの。それにご存じのとおり、あたしもそう間抜けのほうじゃないから——じきにママの手のうちがわかってね、ママにできることならあたしにだってできる、ママみたいに、頭の冴えたところを見せてやれるなんて思っちゃったわけなの。

ええ、ええ、あんた方に隠すつもりはありませんよ——たいそうなうぬぼれ屋だってことはね。なんとも弁解のしようもないわね？　まだ十八の小娘だったからとでもいっておこうかしら。悪い病いよね。でもありがたいことに、成長するにつれて、なおるものなのね——もっともうちのジェニー姉さんはべつ、あのひと、六十三の年で死ぬまで十八の小娘みたいだったもの。

おや、ごめんなさい、四十五年前の殺人事件に戻りましょうかねえ。あのとき、あたしは、うぬぼれというものにおさらばして、百歳までがんばったってあたしのママにはかなわないってことがやっとわかったの」

ちょっと息を切らしてママは口をつぐんだ。ふたたび話しだした声音は、やさしかった。

「四十五年前の——あたしたちの結婚式の前日だったわ。考えてみると、ほんとにきわどいところだった——ママとママの頭がなかったら、あたしたち、結婚式があげられたかしら？　きょうこうしてブロンクスのこの部屋にすわっていられたかしら？　デイビイ、あんたも、ここにすわっていられたかしら？　それから三十二年間、メンデルに連れそってきた——あの幸せな三十二年間——」

ママの目がうるんだ——わたしのおそれていたとおり。五月四日は、ママに昔を思いださせるようなことをいってはいけない。五月四日はできるだけ昔の思い出からママを遠ざけなくてはいけない。

そこでわたしは大声で口をはさんだ。「昔の殺人なんか興味ないよ、ママ。こちらに興味のあるのは、新しい殺人だよ。そのために市ではぼくに給料をくれているんだよ。このオルティスという少年は、タクシーの運転手を刺したやつだけど——どうもすっきりした事件とは思えないんでね、ママの意見が聞きたいわけよ。ママにくわしく話してくださいよ、警部！」

「しかし、結婚式の日の話が——」

「それはあとまわしでいいでしょ、ママ？　こちらはいますぐママの専門的なアドバイスが聞きたいんだ——せっかくの機会を利用しなくちゃ。さもなきゃ納税者への義務を怠ることになりますからね」

この戦術は効を奏した。納税者という言葉は、ミルナー警部の心にてきめんに効果をおよぼすのである。

警部はちょっともじもじしたあげくに話しだした。「まあ――デイビッドが、どうしてもというなら――」とママのほうを向いて、「ではオルティス事件をかいつまんで話しましょうかね。ご退屈じゃなかったら」

ママは蒸し焼きの肉を飲みこんで、やおら身をのりだした。「退屈したことがあったかしら？」とママはいった。


「このオルティス少年はウエストサイドの八十番通りに住んでいて」と警部は語りだした。「両親は十年前にプエルト・リコから移住してきた、ラファエルが七つで、姉のイネッツが八つだった。そのあとで男の子がもうふたり生まれている。アムステルダム通りのくずれかかった古アパートを三部屋借りて住んでるんですよ。ただし姉のイネッツは――一年ほど前に、ダウンタウンの安ホテルに部屋を借りて移ってますがね、父親とけんかのたえまがないそうで」

「父親のオルティスさんはけんかっぱやいんですか？」とママが訊いた。

「しごく平凡な男なんですがね。四十代だが、十は老けてみえますな。もぐもぐと低い声でしゃべるんだが、隣近所の話では、気性がはげしくて、ことに土曜日の夜に飲んできたときがひどいらしい。衣料会社の発送部に勤めていて、母親のほうは週五日、掃除婦として働きに出ていて、小さい子供たちは管理人のかみさんに預けていく。まあいいかえれば、ああいう家庭に育った子じゃ、悪の道に走ったって不思議はありませんよ」

「でも悪の道に走らないひとたちも大勢いますわ」とシャーリイが口をはさんだ。「最近の心理学では、環境というファクターよりも、昔ながらの意志力とか、個々の努力などが重要視されて——」

ママの小鼻がひくひくとうごいた。だが客のいる前では、シャーリイとやりあったりしない。で、ママはミルナー警部に笑いかけた。「たしか、その坊やは、ごく最近悪の道に走ったとおっしゃったわね」

「半年前からですよ、高校卒業後ですね。それまではなかなかいい子で、学校の成績もいいし、午後は食料品屋の配達を手伝ったりしてね。両親の話じゃ、これまではごたごたを起したことは一度もないし、教師や近所の連中もそういっている。少年裁判所のほうにも記録はない。あの近辺はひどく柄の悪いところでね——隣りのブロックには、わたしらが目をつけている暴力団員がいたりするんだが——調べによるとラファエルは、やつらと関係はなかった」

「じゃ、なにが原因で、坊やはそんなに変ったのかしら？」

「なにが彼らを変えたか？　やつらは希望をなくしたんですよ。おそかれ早かれ連中は理解するんです――高校、辛い勉強、法律の保護、それがやつらになにをもたらしてくれるか、勝目は千にひとつ、やつらは衣料問屋の発送係りか、レストランの皿洗いか、市役所の郵便仕分け係りが関の山でしょう。それがわかって、やつらは降参なんですよ。

あるものはラファエルの父親みたいに情のない人間になる――ひがな一日、おとなしい、よくいうことをきく機械、そして夜になれば女房子供にあたりちらす。あるものは無気力になる。生活保護がたよりで、仕事は三月《みつき》もつづかない。酒をしこたま飲んで酔いつぶれて、あしたのことなどなにも考えない。またあるものは――タフなやつは――まきかえしをはかろうとする。ただね、プエルト・リコの少年がひとりで、体制をどれだけゆさぶることができるか、っていうんですよ。おおむね行きつくところは刑務所か――死体収容所か。

去年の冬あたりからラファエルがとった道はおおむねこんなところですよ。まず食料品屋の仕事がおもしろくないと不平をいう――配達のほかにも仕事をまかせられてはいたんですがね。それで店をやめてもっとましな仕事をさがしはじめた――自分が石の壁に頭をぶっつけているんだということに気づくまで一月《ひと》かかった。だが食料品店には戻れない、そういう仕事じゃ気にくわない――それでやつは家でぶらぶらしているようになった。

おやじは、やつの顔を見ればどなりつけて、なまけものとののしる――やつはどなりかえして、ろくでなしと呼ばわる——母親が泣きわめく。そこでやつは家でぶらぶらしているのはやめにすることにした。そのうちに食事のときしか顔を出さんようになって、毎晩、真夜中すぎに帰ってくるようになった、おやじが、どこをほっつきあるいてるんだ、と訊いても、てめえの知ったことか、とどなりかえす」

「あなたがさっきいったよたものと夜はいっしょだったの？」とママが訊いた。

「おやじはそう思いこんでいたんです。だが連中は、ラファエルなんかとかかわりはないというんです。連中がやつといっしょにいるところを見かけたという人間もいませんでねえ。やつがだれとつるんでいたにしろ近所のやつじゃないらしい。それでますます弱ってるんですよ」

「ガールフレンドじゃないかしら？　十八っていえば、もう異性に興味をもつ年ごろですものねえ」

「ええ、いるんです。名前はローザ・メレンデス、半ブロックばかりはなれたところに住んでいましてね。ラファエルはその娘と、土曜と日曜の晩にはデートをするんだが、娘は平日の夜は彼に会ったことがないんだそうですよ。どこに行っているのかと、娘がいくらしつこく訊いても、なにか〈でっかい仕事〉に関係しているとか、そいつがうまくいったら、結婚の費用もできるからというだけなんだそうで。もっとくわしく教えてというと、しまいには怒りだして、しつっこい女は嫁のもらい手がないぞとどなるんだそうですよ」

「ほかにガールフレンドがいるんじゃないかしら」とシャーリイがいった。「それをローザに知られたくないんじゃありません？」

「それはありうるが」と警部はいった。「ま、それはそれとして、ローザはそうは思っちゃいないんだ。やつのことがとても心配で、いろいろとおそろしい疑いがわいてくるというんですよ――だがやつが自分を裏切っているなんてこれっぽっちも考えてはいない。わたしもあの娘のいうことを信じるな。それに〈蔭の女〉説は、あいつのおやじの話してくれたとんでもない話とは符合しないし」

「なんの話？」とママがいった。

「一週間前にね、やつのおふくろが病気になってね――いまはやりのビールスの悪性のやつで――二日ばかり床についちまいましてね。ところが昼ひなか、テレビがちらちらしだして――」

「あら、そのひとたち、貧乏しているんでしょ」とシャーリイが割りこんだ。「なのに、テレビをおく余裕があるんですか？」

「貧乏だからこそ」とママがいった。「テレビでもおかないじゃいられないのよ。そうでもなければ、しばしのあいだも、貧乏を忘れられないじゃないの？」

「とにかく、ラファエルはねじまわしでテレビのうしろをいじくりまわして直しちゃったというんですよ。その晩やつは、いつものように晩めしを食べるとさっさと出ていく――

行き先をいわんから、いつものようにおやじとやりあってね――それから十時ごろ、外から家に電話をかけてきてテレビの工合はどうかと訊いてきた。

おやじが出て、どこからかけているんだと訊いた。そこでまた口論がはじまったが――そのあいだに、オルティスは、息子のほうの電話にほかの声が聞こえたというんだ。はじめはとても低くてなにをいっているのかわからなかった。そのうちに一方の声が、男の声が高くなって、怒っているようだったというんですな。オルティスはその言葉をはっきり聞いたんですよ。「デカなんか怖くねえぞ。おまわりが邪魔しやがったら、どてっぱらに風穴あけてやるぞ」そのすぐあとでラファエルは電話を切ったんです」

「父親がそんなことをしゃべったんですの？」とシャーリイがいった。「息子に不利となるようなことを？」

「そうなんですよ。オルティスのおやじは伜にひどく手きびしいんですよ。「ひとさまを殺したようなやつは、罰をくうのがあたりまえだ」ってね。むろん母親のほうはそうじゃない。やつを悪《あ》しざまにいう言葉には耳もかさない。「うちのラファエルにかぎって、ひとをあやめるようなまねはしない」そういってきかないんだ。あの母親のことを思うと――まあ――事件がこれほどはっきりしているのでなければ……」

警部の声がかなしそうにとぎれた。すかさずママがいった。「オルティスさんのテレビの工合はどうなのかしら？　坊やが電話をかけてきたときは、ちゃんと見えていたのかしらね？」

「あらあ、おかあさん」とシャーリイがいった。「それがどうしたというんですか？」

「ぜひ知りたいの」

「テレビはちゃんと見えてましたよ」とミルナー警部はいった。「あの子は機械いじりが好きでね。いまじゃそれもできなくなっちまって残念ですよ」

「いまじゃ？」

警部の顔がひきしまった。「二日前にやつは一生を棒に振っちまったんですよ。おととい の夜、十一時ごろ、ドミニク・パラッツオというタクシーの運転手ですが——五人の孫がいる六十代の小柄な男で——ブロードウェイと八十六番通りの角で客をおろして、それから東へ向った。アムステルダム通りで、ひとりの少年に呼びとめられた——背が低くてやせていて、黒い髪を女の子のように長くしていた——というのがパラッツオの見た犯人です。近ごろのいかれた若者といったところですな。若者は車に乗りこむとダウンタウンへいってくれといった——スペイン訛りだったそうです。で、二ブロックばかり走って、暗い空地に来ると、その子はナイフを出し、それをパラッツオの首に押しつけて停車を命じ、金をよこせといった。パラッツオは去年は二度も強盗に襲われているから、これ以上損害をこうむるわけにはいかなかった、で、彼はいきなりブレーキをふんだ、そいつがよろけたら、ナイフをもぎとれるかもしれないと思った。ところがパラッツオがうしろを振りむくひまもなく、犯人は首のうしろにナイフを突きたてた。そして車から飛びだし、通りを走って角を折れると姿を消した。パラッツオはひどい出血だったが、死んだのは病院に着いてから二時間後だった。それで犯人を確認する時間があったわけですよ」

「オルティス坊やを病院へ連れて行ったの？」とママが訊いた。

「本人を連れてったわけじゃありません、やつの家に急行したんだが――いつものように夕めしのあと出てったあとでまだ戻っていなかったんです。母親から、彼の鮮明な写真を借りてきて――高校の卒業式の写真ですよ――パラッツオはひと目見て、「こいつだ！」といいましたよ」

「ちっと腑におちないんだけれど」とママがいった。「ナイフを突きたててからまもないのに、どうして彼を捕えに行けたのかしら？　どうしてその坊やが犯人だとわかったの？」

「目撃者がいたんですよ。彼はパラッツオが悲鳴をあげた直後に、向いの角の深夜営業のハンバーガー屋から出てきたんです、男の子が走っていくのを見てわかったんですな」

「暗がりで、一ブロックもはなれたところで、うしろ姿をね？」

「この証人が犯人の顔を見なかったのはたしかですよ。しかし体つきや、皮膚の色なんか――とくに着ているものははっきり見ている。オルティスは数カ月前に革のジャンパーを買っている――まっかなやつで、背中に黒い竜の顔がついているやつ――それから黒い革のバイク用の帽子もね。やつはしょっちゅう、そのいかれた服を着てたわけだ。まるでよそものものなりだとやつのおやじがいってましたよ――だから当然ますます着るわけですな。

とにかく、両親と近所の連中が、殺人のあった夜、やつは夕食後に出かけるとき、そのジャンパーを着て帽子をかぶっていたといっているし――われわれの目撃者も、パラッツォの車からとびだしてきた少年が、それとまったく同じものを着ていたのをはっきり見ているんです。その上パラッツォが写真を確認しているから、われわれに関する限りこの事件は落着というわけです。われわれは十二時半まで、アパートの前で張りこみしてたんですが、やつはこの世になんの悩みもないように口笛吹きながら帰ってきた。むろん赤いジャンパーに黒の帽子をかぶっていましたよ。そこでやつを逮捕したわけですよ」

「で、自白しましたか？」とママが訊いた。

「まだ自白はしてません。アムステルダム通りや八十番通りの近くには、あの晩はいなかったといいはってます。じゃあどこにいたのかと訊くと、姉のイネッツと映画を見にいっていたというんですよ。ダウンタウンの姉さんを拾って――姉さんはタイムズ・スクエアのレストランで働いていて、ホテルは二ブロックばかりはなれたところですからね――西部劇の二本立てを見にいったというんですよ。

で、姉のほうに、あの晩弟と映画を見にいったかどうか問いただした。すると行ったという。そこでちょっとかまをかけてみたんです――お前たちが見たというＳＦ映画の筋書を話してみろって。すると、姉貴は怪獣や宇宙船の話をしだした——これでけっきょく、ふたりとも、アリバイはつくりものだと白状したんです。だがラファエルは運転手殺しは認めようとしない——しかも、あの晩どこにいたか、この数カ月、毎晩どこに行っていたのか、がんとして口を割ろうとしないんですよ。まあ、こういう情況ですが、どう考えりゃいいでしょうかね？」

警部はとほうにくれたように両手をひろげた。その顔に浮かんだみじめな表情は見のがしようがなかった。

するとママはやさしい声でいった。「でも坊やに不利な証拠は——それほど確実なものかしら？　運転手は、坊やを暗い通りで拾って、二分後には背後から刺されている——気の毒な運転手の証言が、これでぜったいにたしかだといえるかしら？」

「パラッツォは視力もいいし、記憶力もいいんだよ、ママ」とわたしはいった。「去年はじめて強盗にやられたときも、犯人をよく見たわけじゃないのに——二週間後に、面通しで犯人を見つけたからね」

「それに」と警部はいった。「こちらの目撃者が赤いジャンパーと黒い帽子を見てるし」

「背中に竜がついてる赤いジャンパーを着ている子なんて、ニューヨークに、たったひとりしかいないわけじゃないでしょう？　オルティスは暴力団に入ってて、そのジャンパーは制服かもしれないわね」

「ラファエルの近所の暴力団は、そんな制服は着ていませんよ」と警部はいった。「わたしらの知る限りじゃ、そんな制服のある暴力団なんてないですよ。もしあれば、かならずわかりますよ。だからやつらはそういうばかげたものを着るんです——世間の連中に見せびらかせるから」

ママは眉をよせた。それからこういった。

「じゃあ、殺人現場から逃げだした少年のジャンパーを見たと証言している証人は？　信頼できるのかしら、この目撃者は？　ことによるとそいつが運転手を殺し、無実のものに罪を着せようとしているのかもしれない。証言はでっちあげかもしれませんよ」

「その証人は、疑いの余地がないんですね」とミルナー警部がいった。

「あのねえ——」とママはちょっと控え目な微笑をもらし、「あたしがね、これまで見聞してきたことを、あなたがお知りになったら、生身の人間で、疑いの余地のない人間なんていないってことがわかるわ。大戦前の話だけれど、あたしたちの教会堂《シナゴーグ》で、いちばんお金持のひとがね——上品な白髪で、ダブルの背広なんか着て、何千ドルという大金を慈善事業に寄附なさったような方がね——あるとき、五百ドルというお金が、建築資金から消えたときに——」

「ママ」とわたしはくちばしをいれた。「ママだって、この証人だけは信じないわけにはいかないんだよ」わたしは一息ついてからいった。「実をいうと、その証人というのは、このぼく、ママのびっくりした顔なんてめったにお目にかかれるものではない。今夜が、そのまれな機会のひとつだった。「ディビイ、冗談いってるの?」

「だったらいいけど。先週、オルティスのアパートに住んでいる男が、女房をたたき殺したんだ。やつはすぐに吐いたけど、ほかの住人から供述書をとらなきゃならなくてね。オルティス夫婦の話を聞いたとき、ラファエルがずっと部屋にいたんだ。ぼくを野次ったり、おまわりの悪口をいったり――例によって例のごとしだが、この事件のおかげで、あの子をおぼえていたんだ。着ていたジャンパーもね。

おとといの晩、十一時ごろだった、ぼくは訊問をおえて、向いのハンバーガー屋へコーヒーを飲みに入った。通りのほうで悲鳴が聞こえたから、なにごとかと飛びだしてみたら――あの子がタクシーのところから走ってくるのが見えた。けど、追わなかったんだ、運転手のほうがすぐに助けが必要だったからね。それにあの子ならいつだって捕えられるんだ。ほんとなんだ、ママ――あの赤いジャンパーならどこにいたって見わけられるよ」

ママの眉間のしわが深くなった。ようやくママは口を開いた。「それじゃ、あんたを信じよう、ディビイ。当然よ。ほかにどうしようもない。ただねえ――この事件のなにかが、ひっかかるのよ――」

希望の曙光がミルナー警部の顔にさした。

「あの子はやってないんですね？　もしあの子の母親にそういってやれるなら――なにか証拠があるなら――」

「証拠はありませんよ。考えだけ。考えじゃないわね――比較の問題」

「なにと比較するんです？」

「なにと――？」ふいにあの影が、苦渋の色がママの顔をよぎった。「この事件は――あたしがはじめてぶつかった殺人事件とよく似ているの。オルティス坊やは――メンデルによく似ているのよ。あたしのかわいそうなメンデルは、四十五年前――」

やれやれ、またもや危険地帯へ足を踏みいれてしまった。どういう成行きでこうなったのだろう、ここから逃げだすつもりだったのに。「そんな昔の殺人事件のこと、忘れるんだ、ママ」とわたしはいった。「この殺人事件を考えてくれよ」

「そうしているんじゃないの？」とママがいった。「あたしのいうことがわからないの、デイビイ？　いまのこの殺人事件と、四十五年前の殺人事件はね――ほとんどそっくりなの。古いほうをもちださなきゃ、新しいほうが解けないのよ――」

そういわれればそうなので、ここはあっさりひきさがるより仕方がなかった。「いいよ、ママ、そうおっしゃるんなら。その古い殺人事件とやらを話してよ」

ママは両手を膝の上で組み合せ、笑みをうかべて、一座をぐるりと見わたした。

「そう頼まれれば、話しましょうかね」とママはいった。「でもお肉をさましちゃいやですよ。おあがり、警部さん——おあがり、シャーリイちゃん——デイビイ、なにもいわなくたって、あんたたちはなんでも食べるわね。では、みなさん、食べているあいだに、話しましょう」

「まず、あたしのメンデルのことをお話ししなくては」とママはいった。「あなたのパパはね、デイビイや、すばらしいひとだったのよ。でも近ごろのひとは、そうは思わないかもしれないわね。うちのひとのすばらしいところというのは、もうあまりはやらないことばかりだもの——それにしてもいつからこんなことになっちまったんですかねえ？　あのひとは、商売のほうの頭はないし——冗談いってひとの背中をぽんぽんたたくようなおもしろい人間じゃないし——ルドルフ・ヴァレンチノみたいな顔でもなし、ターザンみたいな体格でもない。ひと目見れば、あなた、この男が百万長者になれる日はぜったいこないということがわかるのよ。ほんとにどうしょうもないひと！　あんな無能なひと《シュリマッツェル》、だれがかまってくれるかしら？　でもこのシュリマッツェルは親切で分別があって、かんしゃくを起したり、ひとさまをののしったりすることはぜったいなかった、それにね、デイビイ、赤ん坊のあんたを、うちのひとが膝の上でほいほいしているときの——あの幸せそうな顔ったら！　百万長者が八十まで生きたってあんなうれしそうな顔はしない、ましてや貯金通帳の金額がふえるのを眺めるときだってね。そんなわけで、あたしは、このシュリマッツェルに惚れちゃったのよ——それで、あたまのからっぽのジェニー姉さんからはじまって、大勢のひとたちが、あたしのことまでシュリマッツェルあつかいにしたのよ。

　メンデルは十五のときに、父さんと母さんに連れられて故国からアメリカへやってきた。父さんというひとはラビだったの。そりゃ好男子で、黒いおひげをぴんとたてて、だれかを怒りつけるときは目が火のように燃えてね、お説教の声ときたら、教会堂はおろか、二ブロック先までひびきわたるような朗々とした声！　ママとあたしたち姉妹の住んでいるアパートの二階上に越してきて、まもなくうちの教会堂《シュール》のラビになられたのよ。それでこれは認めないわけにはいかない――みんなメンデルのパパを尊敬していたけど、それと同時にちょっとけむったくもあったのね。だってね、だれだって、昔からの習慣や規律を、あの方みたいに厳格に守ったりできませんものね。

　たとえば、どこかの女がね、ついうっかりと――牛乳の料理と肉料理をごたまぜにしちゃったんだけど、食事がはじまる寸前までそれに気づかなかったとするでしょ。気づいたときに、それをぜんぶ捨てて、夕食をこしらえなおすかわりに、神さまにちょっとおわびをいって、そのお料理を家族のものに食べさせてね、自分の過ちをみんなに説明しなかったとするでしょ。さあて、これは大きな罪かしら？　この女は、めんどうくさいからこんなことをしたのかしら？　いいえ、愛する家族が飢えないようにそうしたのよ。滋養の物を食べなくちゃいけない、働き盛りのご亭主や育ち盛りの子供のこととあれば、神様だって、これくらいの過ちは許してくださるんじゃないかしらね？　ええ、神様は許してくださるわ――でもメンデルのパパは許さない！　金曜日の夜の教会堂では、かわいそうなその女はできるだけラビから遠くにはなれてすわるでしょうよ。もしラビがあのおそろしい目でかっとにらんだら、自分の胸にあるおそろしい秘密もお見とおしだと思うと。

　メンデルはニューヨークで船をおりたときは英語はひと言もわからなかったの。知っているのはイディッシュ語とヘブライ語だけ。ですから最初の一年は英語をおぼえるのにそりゃ苦労したんですよ。嘘じゃありませんけどね、うちのひとの英語は、とうとうハーバード風にはならなかったわねえ。思っていることはいえるし、ひとのいうこともわかったけれど、死ぬまで、お国訛りがとれなかったの――地上で最後の日はね、病院のベッドで、いままでおぼえた英語をきれいさっぱり忘れてしまってねえ、出てくる言葉はみんなヘブライ語だった。

　とにかく十七のときまで第八十四小学校へ通ったのよ。それからは男子用下着メーカーのフリードマン父子商会に就職したの。裁断工だった――パパの父さんが望んでいたような仕事じゃなかった――パパの父さんは、あのひとがラビか学者になって、先祖代々の伝統に従ってもらいたかったんだけど。

　でもね、メンデルは、とうてい学者タイプじゃなかった――あのひとの愉しみは、本からじゃなくて人間から得られるものだもの。それにもうひとつは、アメリカは、あのひとの故国とはちがうわけよね。シュテトルじゃ、年じゅうユダヤの律法《タルムード》を勉強しているひとは、偉い人なのね。みなに誇りをわけあたえてくださる、食料や衣服が必要なときは、みながよろこんで寄進してくれるのよ。

　でもこのアメリカの、デランシイ通りじゃ、あんたたちの子供に食物や衣服を見つけるのも容易じゃない——学者なんていらないわよね？　アメリカの新聞が学者に関する記事をのせたことがあるかしら？　学者が賞をとったとか、講演をしたとか、なにかに選ばれたなんてことが記事になるかしら？　アメリカで成功するには、実業家か、技術を身につけた専門家か、映画のスターじゃなくちゃだめ。メンデルがいくらタルムードと鼻つきあわせていたって、食物を寄進してくれるひとなんかいないのよ。

　あのひとの父さんにはそれができなかった——なんたってあなた、あのころのロウワー・イーストサイドに住んでいるラビには、きまったお給金もなかったし、ボーナスだ、家だ、イスラエル行きの招待旅行だなんていうものもなかった、聖職服を着こんでひげなんか生やしていない有名なラビが当節いただけるようなものはなにもいただけなかったのよ。それでメンデルはフリードマン父子商会で裁断工として働かなきゃならなかったし、父さんだってどんなに腹を立ててみても、黙認しないわけにはいかなかったんですよ。

　三年間フリードマンのお店で働きましたよ。腕のたつ職人だったの、あたしのメンデルは。でももっと大きな野心ももっていたのよ。そしてあたしは、あのひとに惚れっぱなし、あのひとはあたしに惚れっぱなし。それならなにをぐずぐず待ってたんだっていいたいんでしょ？　実はふたつだけ待っていたものがあったのよ――ひとつはあたしが十八になるのを、ひとつはメンデルが店をやめて、自分の洋服屋をもつためのお金がたまるのを。あのひとときたら、酒も煙草もやらない、おしゃれはしない、イゼベルみたいな、金のある男にしか色目を使わないような悪い女とつきあったりもしない――あのひとの幸せな夜といえば、二階下におりてきてうちのママとあたしと三人でトランプをやることなんですからね――銀行の預金通帳の残高はどんどん増えていったわ、フリードマン父子商会で、そうどっさりお給料をくれたわけでもないのにねえ。

あたしの十八の誕生日がくると、メンデルは、とうとう貸し店をさがすときがきたねといって――うちのママに話してくれて、あたしが、あのひとの父さんに話して、結婚式の日取りがいよいよ五月四日ときめられたの。でも――人間がいくら計画をたてても、神様は、ご自分のご計画をこっそり用意していらっしゃるのねえ」

ママはちょっと口をつぐんで、小さな身震いをした。「神様のご計画って、メンデルとあたしに、ちょっといたずらをすることだったの。あたしにいわせれば、そんなにおもしろいいたずらじゃなかったけど――でもいつから神様のユーモアのセンスに感謝することになったのかしら？　そのいたずらというのはね――あのひとにはまったくなんのかかわりもないイゼベルみたいな性悪女が、結婚はおろか一生をめちゃめちゃにしてしまうようなトラブルに、あたしのメンデルをまきこんじゃうことだったの。

イゼベルという名ではなかった。サディ・カッツという名前だった。ええ、名前のほうは色っぽくないわね。映画だって、サディ・カッツなんていう名の毒婦は出てきませんよね。歴史の本にだって、サディ・カッツなんて女が王様の愛人になって国の運命を変えたなんて話は出てこないわ。ほらウィリアム・シェイクスピアが、映画にもなったお芝居のなかでいってるけど、あれによく似てるわね。「名前ごときがなにになる。ロージーだろうがなんじゃろうが、甘い香りははなちゃせぬ」とかさ。あれは何百年も前に書いたんだからまさかサディ・カッツのことをいってるはずはないんですけれどね。

あの女も、メンデルと同じフリードマン父子商会に勤めていてね。ミシンがけが仕事だから、メンデルとは同じ階ではなかったのよ。でも店のなかをしじゅうほっつき歩いて、たまたまズボンをはいている連中に流し目をくれるの。ひと仕事すむと、あっちこっちをうろついて、腰をくねくねさせながら、そういう光景に目尻をさげている連中に、長いまつげでウィンクしてまわるのよ。たいていのひとが喜んでいた——職工長のグロスフェルドまで——あなた、五人の子もちで、病気のおかみさんがいるっていう四十男がですよ！でもそういう職工長だから、サディ・カッツが仕事をさぼっていても、くびにならなかったわけだわねえ？

髪の黒い女で——ときどき金髪になりたいときは金髪なんだけど——もとはリトアニアの出なのよ。リトアニア系ユダヤ人《リトヴァク》じゃ——どうせろくなのはいませんからね。おや、ごめんなさい、ばかなことといっちゃった。リトヴァクだって同じ人間なんだわ――偏見はもっていませんけれどね。ただサディ・カッツのことを考えると、カッカとしてくるものだから。こんなに歳月がたっているっていうのにねえ――

ま、とにかく、あの店で六ヵ月だか七ヵ月だか働いているうちに、とうとうあたしのメンデルにお目がとまったわけなのよ。それからっていうもの、うちのひとに色目を使わない日はなかったくらい。うちのひとが裁断しているうしろへやってきて、髪の毛をくしゃくしゃかきまわしたり。おたく、いい男ね、なんていったり。うちのひとが店を出る時間に、戸口でうちのひとにすりよってきて、いっしょに道を歩いたり。ほのめかしてみたりね――そのほのめかしたるや、原子爆弾みたいにどかんとくるやつで――電話かけたかったらいつでもどうぞ、誘ってくれてもいいのよ、なんて。

あっ、話の腰を折らないで――あんた方の顔に質問が書いてある。ええ、たしか、メンデルはルドルフ・ヴァレンチノでも、ジョン・D・ロックフェラーでもないっていったわね？　それならなぜ、サディ・イゼベルが、デリラ・カッツが、うちのひとに色目を使ったか？　婚約者や未来のお姑さんとトランプするのが愉しみなんていう家庭的な男のどこに魅力があったのか、ってことでしょ？

それはね、メンデルが、店のほかの男たちにはない魅力をたったひとつもっていたってことなの――メンデルはあの女に目もくれなかったのよ。あの女の魅力と美貌の前に――

あたしにいわせりゃ、ちっとも美貌なんかじゃなかったけど――うちのひとはまったくの盲目だっていうわけなのよ！　あの女がうちのひとの髪をいじりまわすときに、うちのひとがもじもじするのは――困ってるからで、いい気持になってるせいじゃないのよ。つきあってよ、とあの女がいえば、うちのひとはていねいにお礼をいって――だってメンデルはひとさまの気持を傷つけることのできないたちでしたものね――でも自分は婚約者のある身だから、ほかの婦人とおつきあいするわけにはいかないとおことわりするのよ。

まあ、じっさい、サディ・カッツはいままでにこんな目にあったことはなかったのね。いつも、舌をだらりとだして、足もとにはいつくばって、飛べといえばぴょんぴょん飛びまわるような男にとりまかれていたわけですからね。それがさ、あなた、金もなきゃ名もない貧乏な裁断工が、自分に目もくれないで、幸せそうな顔してるなんて――これじゃあ、サディの面目まるつぶれじゃない。だからメンデルが、他の男みたいに、舌をたらさないうちは、夜もやすらかに眠れなくなっちゃったわけね。

その一方では、メンデルに腹を立ててるからと、自分のほうのおつきあいをおろそかにするような女じゃない。下宿のおばさんの話だと、ほとんど毎晩、いろんな男と出歩いていたそうよ。男のほうから迎えにくるときもあるし、盛装してひとりで出かけていくときもあるんだって、行き先も告げずにね――そして朝の二時ごろ、鼻歌まじりの千鳥足でひとりで帰ってくる。そしてその朝は、一時間以上も遅いご出勤なんですって――あのがみがみおやじ《ドニク》のグロスフェルドがどなりつけたかどうかは容易に想像できるでしょ！　ま、あたしの結婚式の前夜まではこんなあんばいだったの。四十五年前の五月三日——サディ・カッツは突如として、イゼベルやデリラと同じ運命をたどってしまった。つまり殺されたのよ」

ママは思い入れよろしく口をつぐんだ。そしてテーブルを見わたした。「おや、どうしたの？　なぜ、だれも食べないの？　お肉がいつもとちがっておいしくないの？」

蒸し焼き肉はとても美味であると、みなは口々にいい、ふたたび食べはじめた。ママは安心して話しつづけた。

「五月三日の夕方六時に、メンデルのためのパーティが開かれたの。独身もののパーティで、冗談やら演説やら乾杯やらで、メンデルが独身生活に別れをつげる会だったのね。十二人ばかり集まって——お店の親しい友人たちと、職工長のグロスフェルドも顔を出していたの。彼は親しい友人というわけじゃないけれど、まさか職工長に来てくれちゃ困るともいえないしね？　みんなでお金を出しあって、メンデルにお祝いをくれたのよ——金のクリップがついてるイニシャル入りの万年筆。メンデルはその場で万年筆をとりだして書いてみて、小さな声をあげたんですよ——そりゃ嬉しくてねえ。

パーティはお店の一階でやったの。そこはフリードマンさんの事務室と市外からくる買い手のためのショウルームになっていたのよ。フリードマンさんはメンデルがお気にいりだったので、ショウルームを使わせてくださったの——終りごろにご自分もちょっと顔をだしなさって。スピーチまでして、メンデルのことをすばらしい人間で、一流の裁断工だなんてほめあげてねえ。きっとフリードマンはメンデルがやめないように、洋服店を開いたりしないように、ひきとめておけるかもしれないと期待していたのかもしれませんねえ——あの当時でも、労働搾取工場組合なんかがないと、腕のたつ裁断工はなかなか見つからなかったのよ。

おや、ごめんなさい、なにもフリードマンさんの悪口をいうつもりじゃないのよ。あの方はちゃんと分別のあるひとでしたよ。フリードマン父子商会の子のほうだったんだけれど——親御さんのほうはとうに亡くなられてね——店のものが、父親を尊敬していたほどには自分を尊敬していないことに気がついたんですねえ。とびきり高価な服を着て、パーク・アベニューに邸をかまえて、ゴルフをやって、長たらしい演説もやって、ときどき経営方針に高飛車なところをみせるというような工合でしたねえ。

でもこれがほんとのフリードマンさんの姿じゃないのよ。メンデルに、新婚旅行はゆっくりしておいでって二日も休暇をくれたでしょう？　奥さんに——もとスタントン通りに住んでいたステラ・プロトキン、あの方の秘書だったんですけれどね、このときはステラ・フリードマンで、ミンクのコートを二着ももっていたの——その奥さんにいいつけて、メンデルのパーティのために、小さなチョコレートケーキを料理人に焼かせるようにしたのよね？　自腹を切ってシャンパンをふるまってくれたのよね？　そりゃフランス産じゃなかったけれど――あたしの記憶じゃ、たしかニュージャージイのニュウアーク産だった――でもフリードマンさんにしてみれば、うんと気ばったところを見せたわけなの。あとになってあれがグレープ・ジュースだったらよかったのにって何度思ったかしれやしない！　あのシャンパンさえなかったら、メンデルはあんな事件にまきこまれなかったのよ。とにかくうちのひとは、アルコールを飲みつけていませんでしたからねえ。安息日《サバス》にぶどう酒をちょっぴり飲むのが精いっぱい。それも一杯以上飲んだら、一晩、あたまがぐらぐらするの。

だけど、パーティで、みんなあのひとのために乾杯してくださるもんだから、自分だって飲まないわけにはいかないわねえ？　だからお開きになるころには、あなた――それもほんの一時間かそこらのあいだによ――メンデルはなんと五杯もシャンパンを飲んだものだから、目の前の世界がぐるぐるまわりだして、ふだんより大声でしゃべりたてたわけなの。まあ、はっきりいうと、ぐでんぐでんに酔っぱらっちゃったのよ。

ひとりで歩けないくらい酔っちゃったの。それで職工長のグロスフェルドとあとふたりばかりで、うちのひとを助けてくれたのね。道々、みんなで歌ったりわめいたり、たいへんなご機嫌で、メンデルはだれよりもさわいだのね。家まであと一、二ブロックというところで、うちのひとは、はっとあることに気がついたの、もしパパがシャンパンのにおいをかぎつけたらまずいということに。さっきもいいましたけれど、メンデルの父さんは従来のしきたりとか規律とかいうものを、なによりも大切に思っているひとですからね。ところがもっとも古いしきたりに、ユダヤの青年は酔っぱらってはならないというのがあるのよ。かといって禁酒党員になってもいけないの――気晴しに強い酒《シュナップス》を一杯か二杯ならいいのよ――でもぜったいに飲みすぎて、くだをまいたりしちゃいけない。もしメンデルの父さんが、伜が酔っぱらったなんて知ったら、どんなお説教《メギラ》されるかわかったもんじゃない！

それでメンデルは、お菓子屋へ寄って、ハッカあめを五セント買ったの――ハッカをしゃぶっていればシャンパンのにおいが消えるだろうという考えだったのね。でもなにしろ酔っているから、この思いつきもけろりと忘れてしまったの。ハッカあめを、一ドル札をだしてもらった釣り銭といっしょにポケットにしまってそれっきり忘れてしまった。

とにかくメンデルとお友だちたちとグロスフェルドは、アパートにたどりついて、メンデルは階段をのぼると、みんなにさよならをいうためにうしろを振りむいた。さよならをいうだけじゃなくて演説をしたんですよ。声は大きいし、身振りはおかしいから、子供たちが集ってくるやら、ほうぼうのアパートの窓から、みんなが首を突きだすやら。メンデルは両腕を振りまわして叫んだものよ。「おれはしあわせなんだぞォ！　おれは惚れてるんだ、そいで結婚するんだぞォ！　友だちがくれたこのりっぱな万年筆を見てくれェ！

そいからみんながおれにシャンパンを五杯も飲ましてくれたんだぞォ！」

そのときつむじ風のごとくサディ・カッツがあらわれてメンデルの横に立ったの。店からあとを尾けていたらしいのね、もう誘惑にさからいきれなくなって——あのひとの首にしがみつくと唇にチュッとキスしてね、みんなに聞こえるような大声でいったものよ。「あんた、あしたまではまだ自由でしょ、メンデル。だから今晩うちにきたらどう？」そういうと駆けだしていっちゃったの。

そこでメンデルは家へあがっていった——すると父さんが戸口で待ちかまえていたわけ。パパの顔を見たメンデルは、いっぺんに酔いがさめちゃった。いまさっき表で起った出来事をメンデルのパパは窓からすっかり見てしまって、これまでにないご立腹だった——ふだんでさえ毎日二回や三回は怒っているひとですからね。三十分ばかりうちのひとを悪しざまにののしった——酔っぱらいだのなんだのとひどいことをいって——そこでメンデルは突如として、いまだかつてやったことのないことをやったのよ。

パパに向って口答えをしたの。理屈をこねていいかえした、おれは酔っちゃいないといった、パパは頭が古い、気が小さい、あげくの果てはおれにだって自分の生活というものがあるって、いっちゃったの。そりゃ、エレミヤや、フランクリン・D・ルーズベルトや、ラビのスティーブン・ワイズみたいに、とうとうと弁じたてたわけじゃありませんけどね——でもうちのひとがそういうことをいったというのが、そもそもたいへんなことだったの。二十一年たって、どこからそんな勇気が生まれたんでしょうね？　きっとシャンパンのせいね。それとも結婚式の前日っていうのは、なにもこわいものがなくなるのかしらねえ、これ以上ひどいことは起るはずはないと思うのねえ。

　口論はだんだん激しくなる、しまいにはメンデルのパパは、うちのひとを罪人呼ばわり、破戒者呼ばわりをして、メンデルに自分の部屋にひっこんでいろと命令したのよ。するとメンデルはこういったの、「なぜ部屋にひっこんでいなくちゃならないんだ？　まだこんなに早いのに、夜になったばかりなのに——おれは外へ行って、もっと罪をおかしてやる、戒律を破ってやるぞ！」それでパパが拳を振りまわす、ママが両手を握りしめて嘆き悲しむなかを、メンデルは意気揚々と出ていってしまったのね。

　家を出たのが午後八時。戻ってきたのが真夜中すぎ。メンデルが玄関のドアをしめて、お手洗いへいって吐いている気配をメンデルのママが聞いているの。それからベッドへ入る物音も。しばらくしてからママがあのひとの部屋へしのびこむと、もうぐっすり眠っていて、着ていたものが、そこらじゅうに脱ぎすててあったって。ママは服のポケットの中身を出して、ハンガーにかけてから、そっと部屋を出たの。

　あくる朝、おまわりさんがやってきてね、前夜の九時半から十一時までのあいだにサディ・カッツを絞殺したという容疑でメンデルを逮捕したの」

　ママはまたひと息いれた。聴き手の気をもませるつぼを実によく心得ているものだ。

牛肉の蒸し焼きをひときれ食べ、水を一口飲んで流しこんでから、ママはやおら言葉をつぐ。「サディ・カッツはA通りのスピーゲルさんの下宿に住んでいたの。五階建ての建物で、昔は見栄えもよかったんだろうけれど、それも独立戦争以前の話でね。サディ・カッツは二階を借りていたんだけど、ベッドと洗面台がようやくおさまるくらいの部屋だった。スピーゲルのおかみさんはご亭主と一階に住んでいて、ご亭主は毎日手押し車に古着を積んで商いにでる、おかみさんは下宿の面倒をみるというわけね。五年前にドイツから移ってきたひとたちでね、ロシアやポーランドからきたひとたちを見くだすんですよ。いっぱしのインテリ気取り。ご亭主のほうはドイツ語の本をしじゅう読んでいるような、夫婦そろって年に三、四回は芝居のひとつも見にいこうという連中なの。

スピーゲル夫婦の証言によると、五月三日は、サディ・カッツは七時に帰宅したということで――これはうちのアパートの前で嬌態を演じてから数分後ということになるわね。スピーゲルのところには電話は一本しかなくて――一階の玄関にあってね、下宿人が電話をかけたいときは五セント玉を入れればいいの。よそのひとたちはここにかけてくるわけね――五月三日の八時十分に、この電話が鳴った。おかみさんが電話に出るとね、相手の声は――低いかすれ声で、風邪をひいているみたいだったそうよ――そしてサディ・カッツを呼んでくださいといったの。おかみさんは大声でサディを呼んで、自分の部屋にひっこむと、ご亭主にドイツ・ソーセージ《クナックヴルスト》の夕食を食べさせていたんですって。

おかみさんは部屋のドアを閉めたんだけど、そこはぴったりというわけじゃなかったのよ——つい、うっかりだったんでしょうけど。だからスピーゲル夫婦にはサディ・カッツの受けこたえがぜんぶ聞こえたのね。「まあ、あんたから電話だなんて、おどろいたわ」といった。「今晩あいたいって？　うれしいわね」といった。「外であうのはごめんだわ。疲れてるし、うちでゆっくりしたいのよ。こっちへ来たらどう？」それから長い間《ま》があってね、そのうちにサディが怒り声をだしたんだそうよ。「だれに見られるっていうの？」って。

「玄関のベルを鳴らしてくれれば、あたしがおりてって入れてあげるわよ。だれに見られたってかまわないでしょ？　あたしが、世間の除け者だとでもいうの？　あたしんとこへくるのが罪になるとでもいうの？」そこで、あははと笑って、「なにを怖がっているのさ？　あんたはまだ自由の身なんでしょ？　やりたいことはなんだってできるでしょ」それからこんどはこういった。「いいわ、一時間以内にきてね」そして電話を切ると、スピーゲルの部屋のドアをたたいて、今晩お客があるけど、ベルが鳴ったらあたしが出ますからおかまいなくといったんだそうよ。そして二階へあがっていったって。

玄関のベルが鳴ったのが九時半ごろ。おかみさんが玄関に出ようとすると——同時にサディ・カッツが階段の上にあらわれてね。「あたしが開けますから。すみません」といって、おかみさんが部屋にひっこむのを待っていたんですとさ。やがて玄関のドアが開く音がして、サディのうきうきした声と、お客の低いぶつぶついう声が聞こえたそうなの――それからふたりの足音が階段をのぼっていったそうよ。でも夫婦は、サディのお客の顔はちらりとも見なかった。

しばらくしてスピーゲル夫婦は床についた、なぜかというとご亭主は、明け方には手押し車を押して商売に出なくちゃならない、さもないと近所の古着屋に先をこされてしまうから。それで夫婦はひと晩ぐっすりと寝て、五時に目をさましたの。六時にはおかみさんはご亭主を送りだし、それから二階へあがってサディのドアをノックした――毎朝、勤めに遅れないように、起す約束になっていたのね。ところがこの朝だけは返事がなかった。

おかみさんがドアを押してみると、ドアには錠がかかっていなかった。なかへ入ると、サディ・カッツが床に倒れていた。サディはいちばん上等の服を着て――前の晩の九時半に着ていたものなの――でも化粧はすっかりくずれていて、服の袖はちぎれているし、舌がだらりと出ているし。おかみさんは悲鳴をあげた。

それが五月四日のこと。あたしの結婚式の朝。おひるごろまでは、もうとても結婚式どころじゃないと思いましたよ。

警察がサディ・カッツの部屋へやってきて検死をする、スピーゲル夫婦の口からゆうべの電話のこととお客のことを聞きだす。警察じゃ電話の話にとくに興味をひかれたらしいのね――「あんたは、まだ自由の身《フリーマン》でしょ？　やりたいことはなんだってできるじゃないのさ！」

サディがこんなことをいえる相手とは、近々自由の身であることをやめる人物――つまり近々結婚する人物じゃないかと推理したわけね。そこで警察はデランシイ通りへ急行してメンデルをたたき起して逮捕したという次第なの」

「証拠は薄弱だね」とわたしはいった。「きょうびはそんな証拠じゃ逮捕はできないよ」

「あら、ごめんなさいよ、あたし、いうのを忘れてた」とママがいった。「もうひとつ証拠があったのよ。サディの部屋はひどいありさまだった――犯人と争ったのでいろんなものが床に散らばっていたのね。そのなかに新品の万年筆が落ちていたのよ、金のクリップでメンデルのイニシャルが彫ってあるやつが」

ミルナー警部は息をのんだ。その顔に憂慮の色がうかんだ――まるでパパの親友で、事件がきのう起ったとでもいうように。

「でもね、それよりまずいことがあったの」とママはいった。「警察は、メンデルに、家を出た八時から帰宅した真夜中までのあいだどこにいたかと質問したの。メンデルはわからないと答えたの。地下鉄に乗って、それからおりたくなったからおりた――おりたのはどこの駅だったかわからない。それから――通りをしばらく歩いた、ただしどこの通りかわからない――だれかとすれちがったら、帽子をかぶっているといって笑われた。それから小さな公園のベンチに腰かけていた——どこの公園かわからない、どのくらいすわっていたのかもわからない。とうとう立ちあがって、地下鉄の駅にもどった——ところがポケットにお金がないのに気がついたので——家まで歩いた。

そこで警察は、万年筆を見せた、するとうちのひとはたしかに自分のものだと、ポケットに入れておいたのにって、とっても驚いたというの。そこで警察は、お前の話では納得がいかんと——納得いくものですか——そういったんだけど、メンデルはどうしても話をひるがえそうとはしなかった。

そしてさらにメンデルは、自分を絶体絶命の窮地に追いこむようなことをいってしまったの。「おれに罪がある」といったのよ。「おきてを破った、罰を受けてもしかたがない！」それからパパのところへ走りよってひざまずいたの。「許してください、パパ、おれは罪人です、破戒者です、パパのいうとおりです！」

とうぜん警察はその言葉にとびついた。「おまえは殺人の告白をしているんだね？」と警察がいったの。「あの女の部屋へ行って、あの女にいいよって——はねつけられると、かっとなって女を殺したんだな？」

ところがメンデルは目をぱちくりさせてこういったんですよ、「おれ、ひとなんか殺してません」そうして、自分は罪深い人間だといいはるんです。留置場へ行くまでそういいつづけていたんですよ」

ママは哀しそうな微笑をうかべた。「一時間後、あたしがウェディングドレスを着てみているると、警察から知らせがあってねえ。あたしは留置場へ行って、メンデルに会って力づけてやるんだとわめいたわ。

ママはあたしをなだめた。「ウェディングドレスをそんなにらんぼうに脱いじゃだめじゃないの」って。「そっとしなけりゃ破けちまうよ」でもね、あまりしつこくはいわなかった。だって同じ思いがふたりの頭にうかんだのよ——ことによるとこのウェディングドレスは永久にいらなくなるかもしれないって」

窓から、女のどなる声が聞こえた。「ハービイ、すぐに戻っといで、さもないとこわい目にあうよ！　聞こえたの、ハービイ？」

それが魔法を破った。四十五年前のロウワー・イーストサイドの路地裏とおんぼろアパートから、大広場とテレビのアンテナとクーラーのかすかなうなりとに、われわれを引きもどしたのだ。

「いったいぜんたい」とシャーリイがいった。「どうなったんですの、おかあさん？」

「どうなった？」ママの微笑から哀しみの色が失せた。その声にふだんの辛辣な調子がよみがえった。「あたしたち、みんなここにいるじゃないの？　これがウェディングドレスが無事ご用をつとめた証拠でしょ」

「あなたがご主人の容疑を晴らしたわけですね？」とミルナー警部がいった。「あなたが殺人事件を解決したんですね？」

「どうしてこのあたしに解決なんかできたでしょう？　十八の若さでは、あたりまえのときだって――愛してるひとが留置場に入れられていなくたって――ヒステリイを起しますよ。だから、解決したのはあたしではなく、あたしのママなんですよ。あたしがウェディングドレスを大急ぎで脱いで、ふだんの服に着がえると、ママはあたしをソファにすわらせて、炭酸水を飲ませてくれて、手をしっかり握ってくれたんです。

「さあ、一分だけでいいから、いまの情況について話しあおうね。留置場へ飛びこんでメンデルにすがりついて泣いたって、なんの役にも立ちゃしない。あのひとの服をびしょびしょにするだけだわ。いま必要なのは、あのひとの無実を証明することよ」

「ママ、あのひとが無実だって信じてるの？」ってあたしは訊いたの。だれかに百万ドルもらうより、ママの返事を聞いたときのほうが嬉しかったでしょうね。

「信じてあたりまえ」とママはいったの。「トランプさえ、ごまかしのできないようなひとのいいメンデルが――たとえニューヨークじゅうのシャンパンを飲まされて酔っぱらったって、あんたに隠れてよその女といちゃつくようなまねはぜったいしない。人を殺したって？　冗談じゃない、あんな心のやさしい、胃の弱いあのひとが、流しのごきぶり一匹殺せるものじゃない」そしてママはあたしをじっと見つめた。「じゃあんたは、ベイビー？　あんたはあのひとの無実が信じられないの？　あんなに愛しているくせに、あんたは疑っているの？」

疑ってなんかいませんってあたしはママに誓った。それはほんとだったの――でもいざとなると、ママが同じ意見だというのはとても心強かったわ。だってあたしひとりの意見じゃ、それこそ惚れた弱味っていうことになるもの。ママも信じるっていうなら筋がとおるわ――ほかのひとたちにも信じてもらえる可能性もあった。

「じゃあひとまずこれまでの事実をおさらいしてみよう」とママは両手をすりあわせたわ、ほら、ちょうどキンスキのおかみさんの砂糖壺事件のときにやったみたいに。それから半時間、ママとあたしは、警察と近所のひととメンデルのおかあさんが話してくれたことを三度も四度もおさらいしてみたの。あたしは、ひとつひとつ事実をとりあげて、ママの目でそれを見て、ママの頭でそれを考えようとしたのよ。それまでどんなに、ママみたいに事件を解決してみたいと思ったかしれなかった！　そこにあたしのチャンスがめぐってきたのよ、あたしのメンデルの命を賭けたチャンスが。あたしがただのおしゃべりすずめじゃないっていうことを示すチャンスが。

半時間たってもあたしの頭にはなんにもうかばなかった。ところがママがふいににっこりして、二度ばかりこくんこくんとうなずいたの。「よし、よし、わかりかけてきた」ってママはいったわ。「それじゃ留置場までひとっぱしりして、メンデルのところで泣いておいで、ベイビー。でも、あたしがいま思いついた質問はちゃんとしてくるのよ。それから職工長のグロスフェルドのところへ寄って、彼にも質問をしてきておくれ。それからもうひとつの質問を下宿のスピーゲル夫婦にもしてきてね。そのあいだにママは上へ行って、メンデルのかわいそうなパパとママをおなぐさめしてこよう――あたしのほうも、あのひとたちにちゃんと質問しておくからね」

そしてママは質問というのを教えてくれたのよ――どれも、あたしには腑におちないものばかりだったけど。でもとにかく訊いてくることにしたの――だってあのころは、母親が子供にこうしろといえば、子供は理屈なんかこねないで、すなおにいうことをきいたものだもの。

留置場へ行くと、細長い部屋でテーブルをはさんでメンデルに会わしてくれたわ。あたしはまず、あなたを愛している、信じているといった。そして、ゆうべの八時から真夜中のあいだにどこにいたか教えてちょうだい、そのあいだにあなたを見たという証人がいたらそのひとの名前を警察にいってちょうだいっていってたのんだの。でもメンデルはかぶりを振るだけで自分は人殺しなんかしていないが、それ以上のことはいえないというばかり。そんなことはどうでもいい、おれのような悪い人間は、どんな罰を受けてもしかたがないっていうんですよ。

どうしてもうちのひとを正気に戻すことができないとわかったので、あたしは話題を変えて、ママからたのまれた質問をしたの。「ゆうべ、パパと喧嘩をして家を出る前に、服を着がえたの？」

「着がえるひまがあったかい」とメンデルはいったわ。「店から家にかえると、すぐパパとやりあって、そのまんま飛びだしたんだ。一日じゅう同じ服を着てたよ。なぜそんなことが知りたいんだ？」

なぜなのか、あたしにも答えられなかった。なぜそんなことを知りたいのか、あたしにだってわからなかった。だからあたし、テーブルごしにうちのひとにキスしてね、希望を失わないようにって力づけて、それから、またママからたのまれた残りの質問をしに別のところへ行ったのね。その朝は、事件のためにフリードマンは店を閉めていたので、グロスフェルドの自宅へ行ったの。アパートのいちばんてっぺんの四部屋を借りていて——奥さんは薬みたいな匂いをぷんぷんさせてベッドに寝ていて、五人の子供たちは、百人分ぐらい騒々しくさわぎまわっていた。

そのさわぎのなかで声をはりあげようたって容易じゃない。でもとうとうグロスフェルドに訊いたわ。「どうか教えてください——きのうのお店のパーティのあいだに、メンデルはシャンパンのせいで気分が悪くなりませんでしたか？　お手洗いに吐きに行きませんでしたか？」

これもあたしには、わけのわからない質問だったわ。メンデルの気分がよかろうと悪かろうと、それがどうだっていうの？　殺人をおかせば、たとえそのとき、胃の工合が悪かったからといって、許してくれるわけがない。「実をいうとな」とグロスフェルドは答えたわ。「メンデルのやつ気分が悪くなってね。ちょうど帰りぎわだったが。手洗いに駆けこんで、十分くらい出てこなかったね。出てきたところを見たら、ちょっと蒼い顔をしていたよ」あたしはグロスフェルドにお礼をいって、それからこんどは、サディ・カッツが殺された下宿屋へまわったの。

家の前におまわりさんが立っていたものだから、大事な用事があるんですと、なんとかたのみこんでね。ようやくなかへ入れてもらうと、スピーゲルのおかみさんは死体を発見したショックでソファに寝ていて、ご亭主が枕元でせっせと頭をあおいでやっていたわ。でもそのショックのかげに、みんなの注意を集めているという満足の表情がその目にうかんでいたわね。

こんなときにお邪魔してすみませんというと――それでもう勢いこんで、おそろしい体験の一部始終を話しだしたわ。でもなんとか、ママにたのまれた質問をするきっかけをつかんだの――その質問というのが、前の二つよりもっと突拍子もないものなのよ。「あなたたちはお芝居がお好きだそうですね。アメリカの芝居とイディッシュ語の芝居とどちらがお好きですか？」

そう訊ねると、ふたりともけげんそうな顔をしたわ――でもあたしほどじゃなかった！

たいていイディッシュ語の芝居を見に行くと答えてくれたわ。「アメリカの役者は早口でしゃべるから」とおかみさんがいったの。「筋についていけないし」「それに、ジョークもわからんしな」とご亭主がいったわ。

それであたし、ていねいにお礼をいって家にかえって、聞いてきたとおりをママに話したの。するとママはさっそく手をすりあわせてこういったのよ。「よかった、よかった！それで完璧よ！　こっちも質問して、その答えが手に入ったわ。上じゃ泣いたりわめいたりで、言葉をさしはさむのも容易じゃなかったけどね――ようやくメンデルのママをわきへ連れだしてね。訊いてみたんだよ――ゆうべ真夜中に息子さんのポケットの中身を出したとき、ハッカあめは、いくつ残っていましたかって。するとポケットにあめなんてひとつもなかったという答えなの。さあ、ベイビー、あんた、どう思う？」

「あたし、あと二秒したら、泣きだすと思うわ、ママ。警察じゃあたしのメンデルを、女を殺したといって責めるし、ママは、あのひとがあめをなめすぎたって心配するし」

でもママはいやな顔をしたり、かんしゃく起したりしなかったわ。なにしろ十三のとき、外でユダヤ人虐殺《ポグロム》が行なわれているときに、戸棚に二時間もじっと隠れていたというひとだから、そう簡単に動じないんですよ。「ベイビー、ベイビー」とママはいったわ。「神様から授かったおつむを使うのよ。あんたは殺人事件に関するあらゆる事実を知っているし、あたしの質問に対する答えも知っているんじゃないの――だから犯人がだれか証明できるはずだよ」と、あたしのママは、四十五年前の五月四日の午前十一時に、そういったわけですよ。で、いま、あたしも、あんたがたに、そういいたいわけよ」

ママは口をつぐんで一座を見まわした。こういうときにかならず浮かぶ、満足の表情だった。わたしたちが自分の愚かさを認めて、説明を乞うのを百も承知しているのである。

「わからん」とミルナー警部がいった。「メンデル――つまりあなたのご主人に対する反証は――非常にかたいように思われるが」

「ええ、かたかったんですよ」とママはいった。「メンデルが、殺人の時刻にどこにいたか、それを知っている証人をさがしだしてアリバイを立証しないかぎりは。あたしのママがしなければならなかったのは、メンデルがどこにいたかを推理することだった、そうすれば、メンデルが口を割らなくとも、警察に証人をさがしてもらえばいいから――」

「でもそんな証人がいるんだとしたら」とシャーリイが口をはさんだ。「なぜいわないのかしら？　ほんとに無実なら、なにもわざわざ自分が犯人だと思わせるようなことをするはずはないわ！」

「そうかしら？」ママの声はとても静かだった。「うちのひとの考え方からいくと、殺人より悪いことがあったかもしれない」

その言葉は、一瞬あたりにただよった。それから警部がいった。「殺人より悪いことがありますかね？」

「そのひとの育った環境によりますけどね」とママはいった。「うちのひとが、守るべし、尊ぶべし、怖れるべしと教えられていたのは、いったいなんだったでしょう？　ま、うちのママが教えてくれたように、あたしもひとつずつ、説明してってあげましょうかね。

「メンデルは八時から真夜中までどこに行ったのか？」とうちのママがいったの。「帽子をかぶっていると笑われるところに行った。ということはどういうことかしら、ベイビー？」

あたしは答えた。「そりゃ、ユダヤ人のいないところへ行ったんだと思うわ。ユダヤ人の子なら、寒くても暑くても、内でも外でも帽子をかぶるのがあたりまえ——信仰上のしきたりで、神様に敬意を表してかぶっているんでしょ。ユダヤ人の住んでいるところなら、帽子をかぶっている人間を見たって、だれも驚きはしないもの」

「そのとおり」とうちのママはいったの。「でも十分な答えとはいえないね。これまであんたに何度もいってきただろう——中途はんぱな答えは、答えないのと同じくらい悪い。ユダヤ人のいないところで、帽子をかぶって歩いている男が目だつのはどんなところ？　まだ五月のはじめだから、帽子をかぶっているのがおかしいほどでもないのに」

「ママはこういいたいのね、ひとに笑われたというのは、メンデルの嘘だって」

「それについてはほんとのことをいったのよ。なんでそんな話をこしらえるの？　でもひとに笑われたといったとき、あの子は、これ以上ほんとのことをいうわけにはいかないと気づいた、なぜかというと、これ以上話せば、触れたくないことに触れなくちゃならなかったからよ。帽子をかぶっているのを笑われたというのは、外を歩いているときじゃなかった。屋内にいたんだね――ふつうは帽子を脱ぐ習慣になっているところに。それを脱がなかったから、まわりのひとの目にはとてもおかしく映ったわけね」

こんなことがわからなかった自分に厭気がさしたことは認めますよ。だからあたしは、そんなこと重要じゃない、というふりをしたの。「屋内だろうが屋外だろうが、どっちでもいいでしょ。きっと地下鉄のなかで笑われたのよ。ゆうべ乗ったといったわよね」

「地下鉄のなかで笑われたんなら」とママはいったわ。「なぜ嘘をつく必要があるの、道で笑われたなんていうの？　第一、地下鉄で帽子を脱ぐひとがいるかね？　だからさ、ベイビー――メンデルは、ゆうべはたしかに屋内にいたんだよ。さあ、そこはどんなところだったか教えてちょうだい」

あたしは答えられなかった。頭がさっぱり回転してくれないの。するとママはいった。

「考えて、ベイビー、考えるんだよ。メンデルのポケットに入っていたお金はどうしちまったの？」

「ちょっと、ちょっと待って」とあたしはいったんだけど、どうやら頭のほうがまた働きはじめた。「ゆうべお店から家に帰るとちゅうで、メンデルはお菓子屋に寄って、ハッカあめを買った」

ママの興奮した顔で、自分がいい線いっているのがわかったの。「そう、それで？　そのハッカあめは、どうしちゃったの、ベイビー？」

「一ドル札をだしてお釣りをもらってポケットにしまった。それから家にかえるとパパとやりあって、そのまま、服も着がえないで家を飛びだした。地下鉄に乗って、どこかでおりて、何時間もつぶして、それから家に帰ろうと思った。ところが地下鉄の駅までくるとポケットには一セントもないことに気がついた！　一ドル札のお釣りはどこへ消えたか？　ハッカあめが五セント、地下鉄が五セント——あと九十セント残ってるはずだ。すりにやられたのか？　まさか。メンデルみたいに、お金にはまるで縁遠い顔している人間じゃ、すりが近よるはずはなし。そうだ、ママ、あのひと、九十セントを使っちゃったんだ！　あのひとが帽子を脱がなかった屋内の場所で——つまりなんかのお店で、九十セントでなんかを買ったんだわ」

「よし、よし」ってママはいったわ。「でもなんのお店かね、帽子を脱ぐのがあたりまえっていう店は？」

さあ、わからない。とつぜんまたもあたしの頭は動かなくなってしまった。あたしのママはかぶりを振りながらいった。「せっかくハッカあめに気がついたのにね、ベイビー。

どうしてそれを片づけないの？　きのう店の帰りにメンデルはハッカあめを買った。でもひとつも食べずにポケットに入れて、そのまま忘れてしまった。それから真夜中すぎにあの子がようやくベッドで眠ってから、あの子のママがポケットをしらべたとき、なにが見つかったか？　ハッカあめはなかった。あの子は外にいた四時間のあいだに、ハッカあめをぜんぶなめちゃったんだよ。それはなぜ？」

「おなかがすいてたのよ」とあたしは答えた。「晩ごはんを食べそこなったんじゃないの？」

「育ちざかりの若いもんが、あんた、ハッカあめなんぞが晩ごはんになるものかねえ？ハッカあめをなめたことについちゃ、ほかにわけがあるんじゃないの？　まず、なんのためにハッカあめを買ったかというと――」

「シャンパンのにおいをパパにかくすため」とあたしはいった。「でもね、ママ、これは理由にならないわよ――だってメンデルのパパは飲酒のことはもう知っていたもの」

「とうぜんね――あたしがいいたいのはそれなの」とあたしのママはいった。「あの子はなにかほかのにおいを消すためにハッカを食べた。おそらく――」

あたしは、いきなりくちばしをはさんだ、なぜかというとね、おてんとさまの光みたいに、真実がはっきりと見えたからよ。「食べたものの匂いを消すためだ！　そうでしょ、ママ？　あのひとが、ユダヤ人が住んでいないところで入ったお店っていうのは、レストランだったのね！　帽子を脱ぐところといえば、そうにきまってるじゃない？　あのひとおなかがすいてたのね、そこでお店に入って、テーブルの前にすわって、九十セントするものを注文した、それがきっとすごいものだったんだわ、ママ——だってその匂いを消すために、ハッカをみんな食べちゃったんだもの——それで真夜中すぎに家に帰ると、すぐにお手洗いへいって吐いちゃったのね！」

「ようく気がついたね」とママはいったわ。「じゃ、お手洗いで吐いたのは、パーティのシャンパンのせいじゃないっていうんだね？」

「うん、そんなはずない。シャンパンでは、もう前に気持が悪くなって吐いているんだもの。夕方、店を出る前に。だから真夜中すぎに吐いたのは、なにかほかのもののせいね——

——レストランで食べたもの——」

「おめでとう《マーザル・トフ》！」って、ママはいってね、これまでになく誇らしそうにあたしを見たわ。

「じゃ、教えておくれ、ベイビー、メンデルの胸をそんなにむかつかせた食物ってなんなの？　ハッカをあびるほど食べて、どうしてもにおいを消したい、隠さなくちゃならないと思うほど恥しい食べものって、気分が悪くなるような食べものって、あのレストランで食べたものって？」

「ママ、わからない」とあたしはいったの。ほんとというと、涙がこぼれてきちゃってね。

「あのひとがレストランでなにを食べたかなんてわからない、たとえわかっても、それであのひとを留置場から出せるっていうの？」

ママはあたしを抱いて、肩を軽くたたいてくれたの。「ベイビー、とても簡単じゃないか」とママはいった。「これほど心を痛めていなけりゃ、あんたにだってすぐわかることなのに。メンデルのような子は、ああいうもの静かな内気な子は、自分を主張するようなことはしないものだけど——ゆうべは、自分の好きなように暮すんだなんて、パパにいっちまった。家をとびだしたときは、さぞやカッカとしていただろうね——ひと一倍カッカとしていたんじゃないだろうか、なにしろメンデルのこの怒りは二十一年間、ためておいたものだもの。〈パパに思い知らせてやろう〉とあの子は思った。〈うんとすごいことをやってやるぞ！　そうすりゃ、おれがもうパパのいいなりにはならないんだってわかるだろう！〉そこでメンデルは地下鉄をおりて、しばらく歩くうちに、レストランが目に入る——そこで、そのうんとすごいことをやってやろうと決心する。レストランへ入って注文する——」

「豚肉だわ！」とあたしはしゃくりあげながら叫びましたよ。

「だわね？」とママはいったわ。「豚肉かハムかベイコンか——ユダヤ教で禁じられた食物よ、メンデルのようなまともなユダヤ人の子が食べたら、神様からほっぺたをぴしゃりとやられるしろものよ。あの子は、不浄《トレフ》な豚肉を食べた、きっと五分かそこらは、すごく勇気のあることをやったような気がしただろうね。でも二十一年という年月を一晩やそこらで水に流しちまうわけにはいかない。とつぜん高揚した気分が失せて、ひどい自己嫌悪におちいって、自分がたまらなく恥しくなって、神様の怒りの雷光がいつ頭上におちてもしかたがないと思った。もっと恐しいのは、パパがこれを知ったらなんというだろうということだった。なにがあろうとこれだけは、なんとしても、パパに知られちゃならない！

　そこでレストランを飛びだして、豚肉のにおいを消すために、ハッカを口いっぱいほおばったのよ。そして家に帰った――でも禁じられた食物がおなかに入っていると思うともう耐えきれなくなって、手洗いで吐いちゃったんだね。そして朝になって警察がやってきて、サディ・カッツ殺害の容疑で逮捕するといったとき、メンデルは絶体絶命の窮地に追いこまれた！　犯行時刻に、なにをしていたか申し立てれば容疑は晴れるが――これだけはだれにもいえない。不浄《トレフ》な食べものを食べたことをパパに知られるより、殺人犯人だと思われているほうがよっぽどましだった」

　ママの話がおわると、あたしはほっとするやら嬉しいやら気がくるいそうやらでね。

「それであのひと、自分は罪深い人間だなんていいつづけたのね、ママ？　自分は罪人で破戒者で、おきてを破ったんだなんていったのね。あのメンデルが――どうして、そんなばかなことをしたのかしら？」

「二十一じゃ無理もないよ」ってママはいった。「だからあたしたちの手で、無分別の結果から救いだしてやらなくちゃ。警察にこのことを話して、そのレストランをさがしてもらえば、帽子を脱ごうとしなかったやせた青年をおぼえている人間を見つけだすのはぞうさない」

そして、いつもながらママのいうとおりだった。警察は、午後の三時には、そのレストランを突きとめて、あたしのメンデルは四時に留置場から出してもらえた——そして五時に予定とおり、メンデルとあたしは結婚式をあげたの。それからはずうっと幸せに暮しましたよ——三十二年間」

みんなちょっと黙りこんだが、すぐに口々に話しだした。

「ご主人が、その女を殺したのではないとすると」とシャーリイがいった。「だれが殺したんでしょう？」

「サディ・カッツの部屋にあったパパの万年筆はどうする？」とわたし。「それから女が殺された晩にかかってきた電話はどう説明するの？」

「それからなぜ」とミルナー警部がいった。「その古い事件が、わたしらがいま扱っている事件に似ているというんですかね？　メンデルとオルティス少年とどういう関係があるんです？」

ママはまっさきに最後の質問に答えた。「あたしのふたつの質問に答えてくだすったら、お教えしますよ」ママは指をたてた。

「第一問。この数ヵ月、オルティス坊やは夜おそくまで出歩いているということだけれど、これまでより金使いが荒くなりましたか――値段のはる服を買ったり、ガールフレンドに高価な贈り物をしたりしましたか？」

「まずありませんな。やつの姉も母親も、この四ヵ月、やつが新調の服を着ているのを見たことがないといってますよ。それからガールフレンドのローザ・メレンデスも、近ごろは前みたいにちょくちょく映画に連れていってくれなくなったとこぼしてましたよ」

「第二問」とママはいった。「高校時代に彼は、ものを組みたてたり分解したりするコースをとりましたか？」

「職業教育のことですか？　とっていませんね。そういうコースをとるのをいつも拒否していたんです――おそらくおやじがとるべきだといったからでしょうな」

ママは大きくうなずいた。「ありがとう。思ったとおり。あなたがおっしゃったとおり――これは明々白々な事件ね」

ミルナー警部はふたたびみじめな表情になった。「すると、あの子を救うことはできないんですな？　あの子が有罪だとするわれわれに賛成なさるんですな？」

「共感なさると思っていましたわ、おかあさん」とシャーリイがいった。「だれにしろ有罪が完全に明白な場合は――」

「明白？」ママはかぶりを振った、「数十年前に、あたしのママがいったように――結論に飛びつくとひどい目にあいますよ。オルティス坊やが、何ヵ月も前から、夕食をすませると出ていって真夜中に帰ってくるようになった、どこへ行くんだかだれにもいおうとしない——となると、だれでも、これはなにか悪いことをしているなという結論に飛びつく」

ミルナー警部がいった。「ほかにどんな結論がありますかね——」

「盗みだとか殺人だとか、毎晩そんなことをしてるんじゃないかと思われているけど——この子がそういうことをするのは週日だけ。週末の土曜日曜の晩は、いままでどおり、ガールフレンドとデートしているのよ。おかしいとお思いにならない？　週末に休暇をとる窃盗団なんて——ことに土曜の夜といったら、酔っぱらって夜おそくまで、町をうろつく人間も多いし、お金をしこたまもっている人間もふだんより多いでしょ？

それにもうひとつおかしなことがある——だって何ヵ月も盗みだかなんだかやっているというのに、派手にお金を使うどころか、前よりけちけちしているっていうじゃないの。じゃ、彼のもうけはどうなったのかしら？　そこであたしの頭にふっとうかんだのは——きっともうけなんかないんじゃないか、盗みなんかしていないんじゃないか、ということよ」

「でもママ」とわたしはいった。「一週間前にやつが家に電話してきたとき、おやじが聞いたという声は？」

「その声が――これがまたじつに妙じゃないの。なんといったかおぼえてる？〈デカなんか怖くねえ。おまわりが邪魔しやがったら、どてっぱらに風穴あけてやる〉あたしは、ギャングの専門家じゃないけれど、たまには新聞も読むし、テレビも見るし、この辺の子供たちがしゃべってることも聞いてるわ。まちがっていたらいってちょうだい。近ごろのタフガイの、体をはって生きてる連中がよ、いまどき〈デカ〉だとか〈風穴をあける〉とか、そんな言葉は使わないんじゃないの。近ごろのはやりは〈サツ〉じゃない？　それから銃で射とうというときは、〈ぶっぱなす〉とか〈殺《や》っちまう〉とかいうじゃない。〈デカ〉とか〈風穴をあける〉なんていうのは――二十五年ばかり前に使ってた台詞よ。じっさいこれは、ハンフリー・ボガートや、エドワード・G・ロビンソンなんかが出てくる古い映画で使われた台詞だわ」

ミルナー警部ははたとテーブルをたたいた。「というと、つまり――」

「そう、つまり、なのよ」とママはいった。「あの声は昔のギャング映画の台詞にそっくりね？　あれはギャング映画そのものだったんじゃない？　そういう古い映画はいまどきどこでやっている？　テレビじゃないかしら？　先週オルティスのおやじさんが、息子と電話で話したとき、電話のむこうで聞こえた声は、テレビでやってる古い映画だった」

「でもそれがなんの証拠になりますの？」とシャーリイがいった。「悪い友だちと、あの晩テレビを見ていたということも――」

「あの電話のことをようく考えてごらん」とママがいった。「あたしのママがよくいったもんだけれど――なまはんかな答えは、答えないのと同じくらい悪いって。オルティス坊やはなぜ電話をしたんでしたっけ？　それはね、その日の午後、おかあさんのテレビを直してやったので、テレビがちゃんと映っているかどうか、たしかめたかったから。でもねじまわしで、テレビのなかをいじくりまわしたって、テレビは直せないわよね？　知識とか経験ってもんがいるでしょ。でもあの坊やは、高校時代は、職業教育は受けたことがなかった。そこであたしは考えた――彼はいつどこで、テレビ修理の技術を習得したのであるか？　そして二と二をたしたら、イコール、答えがでたわけね。

数カ月前から、坊やは毎晩四時間ずつ外出していた――土曜と日曜の晩は出かけたことがなかった――この数カ月は前よりお金の使い方が地味になった――彼の行き先ではテレビをつけている――そしてとつぜん彼はテレビを修理する技術を身につけた。

これが盗みや人殺しをする少年に見える？　それとも、テレビの修理工になるために技術学校の夜間部に入る、そうすれば、いいところに就職もでき、恋人とも結婚できると思っている少年に見える？」

ミルナー警部は、期待と憂慮が相なかばした表情でかぶりを振りはじめた。「しかし、それが事実ならですよ――犯行の日も、学校へ行っていたとしたらですよ――なぜわれわれにそういわないんですか？　なぜ両親にそういわなかったんですかね？」

悲しそうな微笑がふたたびママの顔にうかんだ。「若いものはね」とママはいった。「四十五年もたてば変るものだと思うでしょう？　イーストサイドのユダヤ人の青年と、ウエストサイドのプエルト・リコの少年と――ふたりとも、同じ感情、痛み、愚かさをもった子供なのよ。オルティス少年にとっては、あたしのメンデルと同じように、殺人で逮捕されるよりも悪いことがあるのよ。このふたりにとっていちばん重要なことは、パパに秘密を知られないことだったのよ」

「それは非論理的ですわ、おかあさん」とシャーリイがいった。「おかあさんの婚約者は、親御さんが認めないようなことをしたのだから――とうぜん知られたくないでしょうけれど。でもオルティス少年は、おかあさんの推論が正しいとすると、父親が認めるようなことをやっていたわけですわ。それなのになぜ隠そうとするのかしら？」

「あなた、自分で答えをだしているじゃないの。なぜ隠すかといえば、父親が認めるようなことだからですよ。彼が高校へ行っているころ、父親は、そういうことをやるようにと命じたんでしょ。坊やはがんとしてはねつけた――けれども、数カ月前に、おやじの意見が正しいことに自分で気がついたわけよ。そこで夜間の技術学校へ申込んで、いっしょうけんめい勉強をはじめた――でも、やっぱりおやじのいうとおりだったなんて、いえるはずないでしょう、あんなおやじに？　『おれのいうとおりだろ』なんておやじに得意顔されるのはまっぴらだと思うわよ。男の子のプライドっていうものよ――これほど強くて激しいものがほかにあるかしら？　でもそのうちに、悪循環がおきてくる——坊やは自分が夜どこへなにしに行っているのかいわない、それで父親は、息子をろくでなしという、すると坊やはよけい意地になって口をつぐむ。警察に逮捕されたって、いまさらプライドを捨てて、事実を打ちあけることなんかできない。そりゃ論理的じゃないけれど——あんたは、十八の坊やじゃないから、わからないかもしれないわねえ」

ミルナー警部はぱっと顔をかがやかせた。「明日いちばんに」と警部はいった。「テレビの修理工養成所をあたってみましょう！　あの子の母親はさぞかし——よろこぶだろうな——」

ママの顔に影がさした。「それはどうかしらね」とママがいった。

警部はけげんそうにママを見た。「というと——」

「坊やは運転手を殺してはいなかった」とママはいった。「でも彼の赤い革ジャンパーとバイク用の黒い帽子は、犯行の現場にあらわれたのよ。あんたは、それがタクシーから逃げるところを見たんだったね、デイビイ、あんたの視力はたしかだから。坊やが着ていたんじゃないとしたら、だれが着ていたのかしら？」

「やつはあの晩出かけるときに、ジャンパーを着ていたんだよ、ママ。おやじとおふくろが証言している」

「まさにそのとおり。毎晩出かけるときは着ていたのよ。父親が、着るのをいやがっていたから。でも修理工の学校へ行ったらどうかしら？　ああいうところへは、そんなおかしな恰好じゃ行かれない。小ざっぱりした地味な服に着がえなくちゃならない。まじめにこつこつやっているほかの仲間と同じように。そこで毎晩学校へ行く前に、赤いジャンパーを小ぎれいな服に着がえる場所が必要だった——夜、学校がおわるとそこへ戻って、またジャンパーに着がえて、服は翌晩のためにそこへ置いていく。

そんな場所がどこにあるかしら？　ホテルの部屋？　そんなお金はないわね？　友だちの家？　でもこんな秘密を守ってくれるような友だちがいるだろうか？　たったひとりいたのよ。姉さんの——ええと、なんていったっけ——そう、イネッよ。姉さんは、ひとつ年上で、ダウンタウンのホテルに部屋を借りている、そして弟よりも父親を憎んでいる。殺人のあった夜も、彼は赤いジャンパーと黒い帽子を姉さんのところへ置いていった、この数カ月ずっとそうしていたように——彼が学校へ行ってしまうと、姉さんのイネッは、そのジャンパーを着て帽子をかぶった、この数カ月そうしていたように、そして自動車強盗に出かけた。ズボンもはいてね。彼女にとっては完璧な変装ね——だって、タクシーの運転手は、犯人は男の子だって証言しているんですからね」

「ラファエルは小柄でやせているしね」とわたしはいった。「髪の毛は、近ごろの若者なみに長く伸ばしているしな。あの赤いジャンパーとオートバイの帽子じゃ——姉弟で似てるっていうこともあるけど——パラッツオがやつを犯人だと思いこんだのも無理はないね」

「それにふしぎはないわね」とママがいった。「犯行現場から逃げていくあの子を見たと、あんたが思ったのも」

沈黙がおちた。それからかすかなためいきがミルナー警部の口からもれた。「今晩、姉のほうを逮捕させよう」と警部はいった。「それからわたしが母親に電話をして——」

ふたたび沈黙。しかしシャーリイがこらえきれずにいった。

「とてもお見事でしたわ、おかあさん。でも古いほうの殺人事件、サディ・カッツの殺人のほうはどうなったんですの？ 彼女を殺した犯人を突きとめたんですか？」

ママはシャーリイのほうを向いて、にっこりと笑った。「いわなかったかしら？ ごめん、ごめん。あたしのママはちゃんと犯人を突きとめましたよ——とうぜんのことながら」

「おかあさんのママは、万年筆のこと、説明できたんですの？ それから電話のことも——サディ・カッツはおかあさんのフィアンセと話をしていて、自分の部屋に来いと誘っていたようですけど？」

「あの電話は、真犯人を突きとめる、もっとも有力な手がかりだったのよ」とママはいった。「警察は、なぜ、メンデルがあの電話をかけたと思ったの？ なぜメンデルが、サディ・カッツが部屋に招いた相手だと思われたの？　あの女には意のままにできる男はどっさりいたし——下宿に来ないで、外でばかり逢っていた男もいるし——それなのになぜメンデルが逮捕されたの？

それは、あたしのママがいったように、煎じ詰めれば、サディが電話の相手にいったひとことだわね。

「なにを怖がっているのさ？　あんた、まだ自由の身《スティル・ア・フリーマン》でしょ？　やりたいことはなんだってできるでしょ」といえば、この相手は、もうじき結婚する独身の男ということになるじゃない？　彼女の知り合いにそういう人間は、メンデルのほかにいなかったわけよ。

でもメンデルには犯行時のアリバイがある——だからサディの電話の相手はあのひとじゃなかった。だからあたしのママがいったように、「あの言葉は、みんなが考えているような意味じゃなかったかもしれないの。だってさ、サディがそういうのを聞いたのは、いったいだれなの？　スピーゲル夫婦じゃないの——五年前にドイツからやってきたばかりの、英語をろくに勉強したこともない、アメリカの芝居は役者のいってることがわからないから、イディッシュ語の芝居のほうがいいといってるひとたちだよ。このふたりが、サディ・カッツが電話で話していた言葉を、はっきり聞きとれなかったということは、おおいにありうるんじゃないの？」」

ママはその先をいう必要がなかった。ママのいわんとしていることがわたしにもわかったのだ。「ママ、それが答えだ！　スピーゲル夫婦は、サディ・カッツがこういったと思った。「あんた、まだ、自由の身《スティル・ア・フリーマン》でしょ？　やりたいことはなんだってできるじゃないのさ？」でもほんとは、こういったんだ。「あんた、フリードマンでしょ？　やりたいことはなんだってできるじゃない」あの女が電話でしゃべっていたのはボスのフリードマンだったんだ。彼といい仲だったのか――下宿へ迎えに来ないで、外で会っていた男っていうのは彼だったのか。彼は、あの晩、電話をかけてきて、彼女に会いたいといった。彼女はうちへ来いといいはって、彼が、だれかに見られると困るというと、彼女は笑って、あんたのようなおえらいさんはやりたいことはなんだってできるじゃないかといった。

そこで彼は下宿にやってきて、彼女の部屋へあがった――そしてたぶん彼が別れ話でももちだしたんだな――そしてたぶん女が怒りだして奥さんに話すとおどかした。そこで彼は女を絞め殺した。それから万年筆だけどね、ママ――ママのメンデルは店から戻ってきたとき、ポーチに立って、みんなに手を振って万年筆を見せびらかしたんじゃなかったの？　そのときサディ・カッツが駆けよってきて、首っ玉にしがみついてキスしたんだよね？　それでたぶん彼はびっくりして万年筆をおとしたんだ、そしてたぶんサディ・カッツがそれを拾った――だれでもやるようになにげなく、無意識に――これで万年筆が彼女の家にあった説明がつくよ！」

わたしは言葉を切って、ママが、あんたは天才的な探偵だとほめてくれるのを待ちかまえた。だがママは首を振っただけだ。

「なまはんかな答え、いつだってなまはんかね」とママはいった。

「「あんたはまだ、自由の身《スティル・ア・フリーマン》でしょ？」が、どうして、「あんた、フリードマンでしょ」になっちゃうの？　ｓｔｉｌｌ《スティル》はどうしたの、ａ《ア》はどこへいっちゃったの？　あの夫婦が、英語がよくわからないといったって、音のほうはちゃんと耳に入ってるわけよ。サディが電話口でしゃべった言葉は、スピーゲルがそう聞いたと思いこんでいた言葉にもっと近くなきゃ」

「でもそれはなんだったの、ママ？」

「ベイビー」とママはいった。「困った夫より嫉妬深い妻のほうが、殺人を犯す率ははるかに高いというのは世間周知の事実ですよ」

「ミセス・フリードマンか？　彼女が――」

「そうでしょ？　彼女は夫の浮気に気づいて、サディ・カッツを電話で呼びだし、あの晩会いたいといったのよ。彼女は山の手の住宅街で会おうといったんだけど、サディはお上品な金持の女を自分のところへ呼びつけてやれと思ったのね。

「なにを怖がってんの？」ってサディはいったわね？　「あんた、ステラ・フリードマンでしょ？　やりたいことはなんだってできるじゃないのさ」たしかに一時間後に、ステラ・フリードマンはやりたいことをやった――彼女はサディを絞め殺した！」

ママは一息ついて、それから静かにいった。「ついでながら公判では、一時的な心神喪失ということで無罪の判決がくだりましたけれどね」

これでママの話は終りだった。わたしはほっとためいきをついた。わたしの心配は杞憂だった。ママは昔の思い出、結婚式の思い出を語ったが、とても愉しそうだった。

そこでまた、わたしの心は沈んだ。とつぜんママの目に涙があふれたからだ。

「どうしたんです？」とミルナー警部が叫んだ。「わたしにできることがあれば——」

「だいじょうぶ、だいじょうぶよ」とママはいった。「ただね、考えたの——きょうびの若いものと昔の若いものは、やっぱりちがいがあるものだって。かわいそうなメンデルは——父親に恥をかかせないためには死んでもいいと思ったのね。ところがオルティス坊やは——父親に、自分の自慢をされるのがいやさに死んでもいいと思ったんですからねえ」

ママはゆっくりとかぶりを振った。「あたしたちが住んでいるのは、ほんとにおかしな世界なのねえ。あたしのママは、きっと気にいらないと思うわ。たぶんこんな世界を見ずに死んでよかった」

ママは目を伏せた。それからハンカチをだして鼻をちんとかんだ。目をあげたときはもう笑顔だった。「さあ、デザートよ」とママはいった。「あなたのために、エンゼル・ケーキを焼いたんですよ、警部さん！」

ママは立ちあがり、いつものように勝利した軍隊の先頭に立つ将軍のようにキッチンへ入っていった。

解　説

作家
法月綸太郎

純粋な推理の冴えで読ませる安楽椅子探偵《アームチェア・ディテクティヴ》の魅力は、やはり短篇につきる。それが連作であれば、もっといい。一冊の短篇集に収まった作品なら、ジェイムズ・ヤッフェの〈ブロンクスのママ〉が最高峰だと思う。

安楽椅子探偵とは、犯罪現場へ出かけず、関係者との直接のやりとりもなしに、捜査情報を把握する報告者の話を聞くだけで、事件を解決する名探偵のことだ。悠然と腰を据えて推理をめぐらし、一歩も動かずに謎を解くので、安楽椅子探偵と呼び習わされるようになった。プリンス・ザレスキー（Ｍ・Ｐ・シール）、「隅の老人」（バロネス・オルツィ）、ニッキイ・ウェルト教授（ハリイ・ケメルマン）、「黒後家蜘蛛の会」（アイザック・アシモフ）といったあたりが代表格だが、いちばん有名なのは「隅の老人」だろう。

ロンドンの喫茶店〈ＡＢＣショップ〉の隅の席に陣取り、紐の結び目をもてあそんでいる姓名不詳の老人が、女性新聞記者ポリー・バートンが持ちこむ難事件を次々と解き明かしていく。ただし「隅の老人」は、検死法廷を傍聴したりしているので、純粋な安楽椅子探偵とは言いがたいところもある。後でふれるように〈ブロンクスのママ〉シリーズは、「隅の老人」のバリエーションなのだが、安楽椅子探偵というスタイルを完成させ、推理の洗練をきわめたのはヤッフェの功績に帰すべきだろう。

日本の安楽椅子探偵を代表する「退職刑事」シリーズの作者、都筑道夫が「私の考えでは、アームチェア・ディテクティヴ・ストーリイのもっとも理想的なものは、ジェイムズ・ヤフィー《ママ》のママ・シリーズだ」と絶賛しているのも、故なきことではない。

連作のフォーマットはごくシンプルだ。ニューヨーク市警の殺人課に勤務する刑事ディビッドとその妻シャーリイが、毎週金曜日の夜、ブロンクスに住んでいるデイビッドの母親のところへ夕食に出かける。ニューヨーク市の北部に位置するブロンクス区は移民の街で、二十世紀なかば頃まではユダヤ系を筆頭に、アイルランド系、イタリア系の住民が多かった。一九六〇年代から白人層が区外へ流出、黒人やヒスパニック系の人口が増加したが、本国の読者には、ブロンクスという地名とママが口にするイディッシュ語で、ユダヤ系アメリカ人の家族であることがわかる仕掛けになっている。

夫に先立たれ、ひとり暮らしのママは捜査中の事件について聞きたがり、息子の話だけから真相を推理してあざやかに事件を解決する。解決を披露する前に、ママがいくつかの質問をはさむのがお約束になっていて、これが「読者への挑戦」とヒントの提供を兼ねているわけだ。人生経験豊富なママは、ささいな手がかりから隠れた真相にたどり着くけれど、推理に必要なデータが会話の中にあまさず盛りこまれているので、読者が置いてけぼりを食う心配はない。フェアなパズルの見本のような作りで、特に手がかりを巧みに配置するヤッフェの腕前は熟練の域に達している。

嫁のシャーリィは女子大出のインテリ女性という設定で、単調になりがちな「問題篇」にアクセントをつけるコメディリリーフと、ママの推理を検証するツッコミ役を兼ねている。いつもデイビッドが気を利かせるので、嫁姑間の対立はそれほど深刻化しないが、息子夫婦に子供がいないことを案じるママの嘆きが、折にふれて顔を出す。その裏には、移民二世である息子とのジェネレーション・ギャップが横たわっているようだ。

デイビッドの上司ミルナー警部がディナーに招かれたり、タイムズ・スクエア近くのレストランに出かけたり、事件の内容に合わせて少しずつ変化をつけているけれど、話の枠組は変わらない。わりと小味な事件ばかり続くのに、読んでいて飽きがこないのは、まず会話劇としてよく練られているせいだろう。フェアでユーモラスなデイビッドの語りも、型にはまった間抜けなワトソン君ではなく、読者が共感できるまっとうな人柄を示すものになっている。だが、それ以上に各篇の粒立ちをよくしているのは、事件の登場人物の心理に同化するママの反応が、毎回工夫されているからだと思う。

最初の二篇は、犯人当てパズルに主眼が置かれているが、第三話「ママの春」以降、事件の謎解きがママの人生や家族観とオーバーラップするような仕立てになって、物語の奥行きが深くなる。シリーズ名探偵をくり返し描くことによって、キャラクターの新しい側面に光を当て、機械仕掛けの神に命を吹きこんでいくという連作の強みが生かされているといってもいい。おそらく作者のヤッフェも、一作ごとの積み重ねで、ママの人物造形をいっそうリアルに感じていったのではなかろうか。

ママの推理の特徴は、まず事件の背景にひそむ（それ自体は犯罪ではない）嘘や隠しごとを見破って、見かけの構図をリセットすることだ。そこで示されるママの洞察は、庶民的なセンスと人情の機微をつくあざやかなオチで人気を博したO・ヘンリーの作風に通じるものがある。「賢者の贈り物」「伯爵と婚礼の客」といった短篇を思い起こす読者もいるだろう。大づかみな印象を述べると、O・ヘンリー風のサプライズを推理のポイントに据えて、そこから真犯人を導き出すパターンが多いように思う。

犯人の意外性やトリックだけを取り出すと、わりと平凡なところに収まりがちだが、これはもちろん、作者が意図的に紛れの筋を消しているためだ。だから途中で真犯人の見当がついても、作品の魅力はまったく色褪せない。むしろ記憶に残るのは、ちっぽけな見栄やプライドに振り回され、自分の首を絞めてしまう人々の滑稽で哀しい姿であり、そうした人間の弱さを見逃さないママの厳しくて、温かいまなざしなのである。

ジェイムズ・ヤッフェは、一九二七年シカゴ生まれのユダヤ系アメリカ人。早熟な作家で、十五歳のハイスクール時代に書いた短篇「不可能犯罪課」を《EQMM》に投稿し、編集長のクイーン（フレデリック・ダネイ）を驚嘆させたエピソードは、つとによく知られている。同作を始めとする〈ポール・ドーン〉シリーズは、クイーンの叱咤激励コメントとともに全六篇が《EQMM》に掲載された。クイーンとヤッフェの師弟関係については、『不可能犯罪課の事件簿』（論創社）に詳しい。

イエール大学の文学部を卒業したヤッフェは、海軍勤務を経て一年間パリに留学。帰国後、本格的な作家活動を始め、ユダヤ人中産階級の生活を描いた普通小説や舞台・TVの脚本（フリードリッヒ・デュレンマットの短篇「故障」を戯曲化した *The Deadly Game* が有名）、エッセイやノンフィクション『アメリカのユダヤ人』（日本経済新聞社）などを発表する。〈ブロンクスのママ〉シリーズの執筆中断期には、アメリカ犯罪史上に名高い「レオポルドとローブ事件」（一九二四年、裕福なユダヤ人家庭の子息でシカゴ大学の学生だったレオポルドとローブが、十四歳の少年を誘拐に偽装して殺害した事件。二人は同性愛関係にあり、ニーチェの超人思想が犯行の背景にあったという）をモデルにした *Nothing But the Night* のような野心的な長篇にも手を染めた。

一九八八年、ヤッフェは長篇『ママ、手紙を書く』（創元推理文庫）で〈ママ〉シリーズを再開し、九二年までに計四作の長篇を発表する。ロッキー山脈の麓の架空の地方都市、コロラド州メサグランデを舞台にしたシリーズで、公選弁護人事務所の主任捜査官に転職した五十歳のデイビッドが抱える殺人事件を、ニューヨークから移り住んだママが次々と解決する。同じ安楽椅子探偵でも、レックス・スタウトの〈ネロ・ウルフ〉シリーズのような分業方式を採用しているのが面白い。

〈メサグランデのママ〉シリーズは、クイーンのライツヴィル物とレーン四部作を合体させたような作風で、還暦を過ぎたヤッフェのストーリーテリングに衰えはない。本書でママの推理に魅せられた読者は、ぜひそちらも手に取っていただきたい。なお、コロラド移住後のエピソードを綴ったシリーズ最後の短篇「ママは蠟燭を灯す」が、《ミステリーズ！ vol.3 WINTER 2003》（東京創元社）に掲載されている。

アマチュア名探偵の母親と刑事の息子という組み合わせは、「隅の老人」と若い女性記者のコンビの性別をひっくり返したものだろう。ところが、親子関係を組みこむことで、〈ママ〉シリーズは敬愛するクイーンの小説への批評的なニュアンスを持つようになった。いうまでもなく、名探偵エラリイ・クイーンとその父親リチャード・クイーン警視のことである。これは私の思い過ごしかもしれないが、父子関係を軸にしたクイーンの小説に見え隠れするマザコン的な空気を、ヤッフェは敏感に察知していたのではないか。そして、師であるヤッフェの批評精神を真摯に受け止め、自作に反映させたのではなかろうか。たとえば、「老人！　だれが老人なの？」とママが問いかける「ママは祈る」が発表された翌年には、ニューヨーク市警を定年退職したクイーン元警視が単独で事件を解決する『クイーン警視自身の事件』（ハヤカワ・ミステリ文庫）が刊行されている。

家庭的な雰囲気が売り物のシリーズだが、気になるのは夫婦とその子供からなる標準的な核家族が、ほとんど出てこないことだ。その穴を埋めるように、ヤッフェは最終話「ママは憶えている」に中篇の枚数を費やして、時代を隔てたマイノリティの家族を重ね合わせながら、父と息子の関係を軸に、その陰に隠れた女性たちの生活に光を当てていく。ママ自ら語り手となって、過去の事件を語るという趣向は、「隅の老人」へのオマージュのようだ。「ママは憶えている」でシリーズがいったん完結したのは、同時代のユダヤ系アメリカ人の家族小説として〈ママ〉を描ききったという自信があったからだろう。

すでに述べたように、ママには名前がない。これも「隅の老人」にならった趣向であろうが、最終話に至ってその意味あいが変わってくる。というのも、デイビッドの父親にメンデルというファーストネームが与えられているからだ。とはいえ、姓は書かれていないので、相変わらずママの名前はいっさいわからない（ママのママも同様である）。

「ママは憶えている」の解決には、ユダヤ教に関する知識が必要だが、この作品から連想されるのは、モーセの十戒の「あなたは、あなたの神、主の名を、みだりに唱えてはならない」という戒律である。うがった見方をすると、ヤッフェは連作の最終話で「父の名」を唱えることによって、「父なる神」を主の座から引きずり下ろそうとしたのかもしれない。だとすれば、アメリカの人気ホームドラマ「パパは何でも知っている」をもじった本書のタイトルは、God Knows Best を言い換えたものだということになる。

二〇一五年五月

【収録作品初出】（いずれも《エラリイ・クイーンズ・ミステリ・マガジン》掲載）

ママは何でも知っている　Mom Knows Best　一九五二年六月号
ママは賭ける　Mom Makes a Bet　一九五三年一月号
ママの春　Mom in the Spring　一九五四年五月号
ママが泣いた　Mom Sheds a Tear　一九五四年十月号
ママは祈る　Mom Makes a Wish　一九五五年六月号
ママ、アリアを唱う　Mom Sings an Aria　一九六六年十月号
ママと呪いのミンク・コート　Mom and the Haunted Mink　一九六七年三月号
ママは憶えている　Mom Remembers　一九六八年一月号

本書は、一九七七年七月にハヤカワ・ミステリとして刊行された作品を文庫化したものです。

2分間ミステリ

Two-Minute Mysteries

ドナルド・J・ソボル

武藤崇恵訳

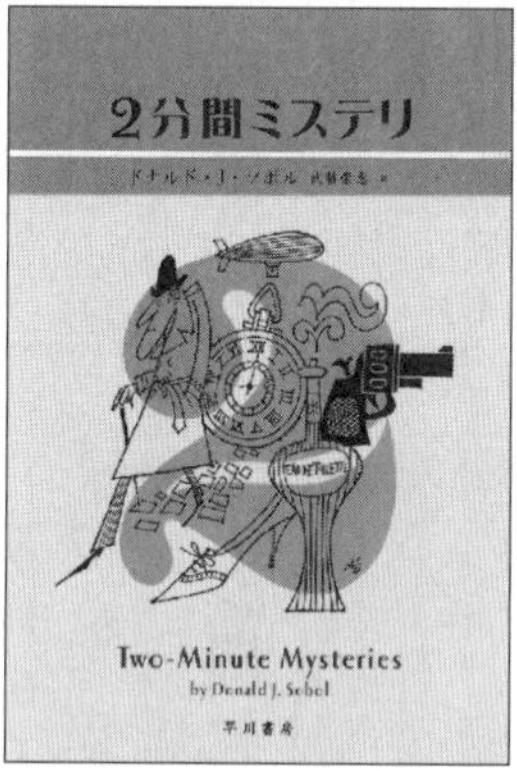

銀行強盗を追う保安官が拾ったヒッチハイカーの正体とは？　屋根裏部屋で起きた、首吊り自殺の真相は？　一攫千金の儲け話の真偽は？　制限時間は2分間、きみも名探偵ハレジアン博士の頭脳に挑戦！　事件を先に解決するのはきみか、博士か？　いつでも、どこでも、どこからでも楽しめる面白推理クイズ集第一弾

ハヤカワ文庫

訳者略歴　1955年津田塾大学英文科卒，英米文学翻訳家　訳書『第三の女』クリスティー，『闇の左手』ル・グィン，『われはロボット〔決定版〕』アシモフ，『アルジャーノンに花束を〔新版〕』キイス（以上早川書房刊）他多数

HM=Hayakawa Mystery
SF=Science Fiction
JA=Japanese Author
NV=Novel
NF=Nonfiction
FT=Fantasy

ママは何《なん》でも知《し》っている

〈HM⑲-1〉

二〇一五年六月十五日　発行
二〇二五年五月二十五日　六刷
（定価はカバーに表示してあります）

著者　ジェイムズ・ヤッフェ
訳者　小《お》尾《び》芙《ふ》佐《さ》
発行者　早川　浩
発行所　株式会社　早川書房
郵便番号　一〇一 - 〇〇四六
東京都千代田区神田多町二ノ二
電話　〇三 - 三二五二 - 三一一一
振替　〇〇一六〇 - 三 - 四七七九九
https://www.hayakawa-online.co.jp

乱丁・落丁本は小社制作部宛お送り下さい。
送料小社負担にてお取りかえいたします。

印刷・星野精版印刷株式会社　製本・株式会社明光社
Printed and bound in Japan
ISBN978-4-15-181151-7 C0197

本書は活字が大きく読みやすい〈トールサイズ〉です。